COLLECTION FOLIO

Michel Lermontov

La Princesse Ligovskoï

Traduit du russe et annoté
par Gustave Aucouturier

Gallimard

Ce roman est extrait des *Œuvres* de Griboïèdov, Pouchkine et Lermontov (Bibliothèque de la Pléiade).

Fils d'un petit gentilhomme, mais apparenté à la riche lignée des Stolypine, Michel Youriétvitch Lermontov naît à Moscou le 3 octobre 1814 (selon le calendrier julien). Il perd sa mère lorsqu'il a trois ans et est élevé par sa grand-mère qui le tient éloigné de son père. Il reçoit une éducation soignée selon les principes de l'aristocratie terrienne : langues étrangères, à commencer par le français, musique, dessin, etc., et lit beaucoup (Pouchkine, Byron, Lamartine, Hugo...). Son premier poème paraît dans une revue en 1830 mais, bien qu'il écrive beaucoup, il faut attendre 1837 pour que ses textes commencent à être publiés régulièrement. Étudiant solitaire à l'université de Moscou, il multiplie les aventures sentimentales avant de suivre sa grand-mère à Saint-Pétersbourg. Il entre alors à l'école des élèves-officiers des hussards de la Garde. Promu cornette, il mène une vie dissipée et mondaine. Au printemps 1836, il commence à écrire avec son meilleur ami, Sviatoslav Raïevski, *La Princesse Ligovskoï*, roman qui restera inachevé, et essuie de nombreux refus lorsqu'il tente de faire publier ses textes. À la suite d'une dispute avec son cousin Nicolas Stolypine, Lermontov est arrêté et emprisonné, accusé d'« appel à la révolution », puis exclu de la Garde et envoyé dans un régiment de dragons dans le Caucase. Là il écrit et réécrit *Le Démon* ainsi que plusieurs poèmes. Grâce à l'intervention de sa grand-mère, il réintègre la

Garde et part à Novgorod où il commence à écrire *Un héros de notre temps*. Devenu célèbre en dépit — ou à cause — de la persécution officielle dont il fait l'objet, il entre dans les milieux littéraires et rencontre ceux qui furent les amis de Pouchkine... Ainsi, en 1839, il fait partie du « Cercle des Seize », un groupe de jeunes militaires et intellectuels. L'année suivante, la censure autorise la parution d'*Un héros de notre temps*. À la suite d'un duel, il est à nouveau arrêté et exclu de la Garde. Versé au régiment d'infanterie de Tienga et exilé encore une fois dans le Caucase. Après une permission de quelques mois à Saint-Pétersbourg, il rejoint son unité, animé, d'après les témoins, de sombres pressentiments. Quelques mois plus tard, le 15 juillet 1841, il est tué lors d'un duel avec le major Martynov pour une plaisanterie mal prise... En 1860, paraît la première édition de l'ensemble de son œuvre.

Découvrez, lisez ou relisez l'œuvre de Lermontov :

UN HÉROS DE NOTRE TEMPS (Folio Bilingue n° 72)

CHAPITRE PREMIER

Tire ! Tire ! crie une voix.

POUCHKINE[1].

En 1833, le 21 décembre à quatre heures après midi, la foule se pressait, comme d'habitude, dans la rue de l'Ascension, et il y avait dans cette foule un jeune fonctionnaire. Notez bien le jour et l'heure, car ce jour-là et à cette heure-là se produisit l'événement à partir duquel s'enchaînent les aventures diverses survenues à mes héros et héroïnes, dont je me suis promis de transmettre l'histoire à la postérité, pour autant que la postérité lira des romans… Ainsi donc, un jeune fonctionnaire descendait la rue de l'Ascension, venant de son ministère, fatigué d'un travail monotone et rêvant d'une gratification et d'un bon déjeuner — car tous les fonctionnaires rêvent ! Il portait une casquette de

1. In Eugène *Onéguine*.

forme indéfinie et un manteau bleu marine ouaté au collet de castor usagé. Il était malaisé de distinguer les traits de son visage, en raison de sa visière, de son collet et du crépuscule ; il ne semblait pas avoir hâte de rentrer chez lui, et il savourait et l'air pur du soir glacial, qui versait à travers la brume de l'hiver ses rayons roses sur les toits des maisons, et l'éclat alléchant des magasins et des pâtisseries ; levant par moments les yeux avec une émotion véritablement poétique, il se heurtait à quelque chapeau rose et présentait des excuses embarrassées : le perfide chapeau rose prenait un air fâché, puis glissait un regard sous la casquette et, après quelques pas, se retournait comme attendant de nouvelles excuses ; vainement ! le jeune fonctionnaire manquait totalement de perspicacité !… Mais plus fréquemment encore il s'arrêtait pour badauder devant la vitrine d'un magasin ou d'une pâtisserie étincelante de feux magiques et de magnifiques dorures ; longuement, avec insistance, avec envie il contemplait les objets exposés, puis, revenant à la réalité, il reprenait son chemin avec un profond soupir et une stoïque fermeté. Mais ses plus terribles bourreaux étaient les cochers : il haïssait les cochers : « *Barine !* Où est-ce que je vous mène ? Une voiture, *barine* ? À votre service ?… » C'était le supplice de Tantale, et il détestait du fond de l'âme les cochers.

Descendu du pont de l'Ascension et se préparant à tourner à droite le long du trottoir, il entendit soudain un cri : « Attention, tire-toi de là ! » Droit sur lui fonçait un trotteur bai ; derrière le cocher frémissait un plumet blanc et bâillait le collet d'une capote grise[1]. À peine avait-il eu le temps de lever les yeux qu'un limon était devant sa poitrine et que la vapeur qui s'échappait en nuages des naseaux du coursier lui enveloppait le visage ; il s'agrippa machinalement des deux mains au brancard, et tout aussitôt un fort élan du cheval le rejeta de côté, à plusieurs pas, sur le trottoir... Des cris retentirent : « Il l'a écrasé, il l'a écrasé ! », des cochers s'élancèrent à la poursuite du coupable, mais ils n'eurent que le temps de voir disparaître au loin le plumet blanc.

Quand le fonctionnaire revint à lui, il ne ressentait nulle part de douleur, mais ses genoux tremblaient encore d'effroi ; il se leva, s'accouda au parapet du canal, cherchant à rassembler ses esprits. Des pensées amères s'emparèrent de son être, et à partir de cet instant il reporta des cochers aux trotteurs bais et aux plumets blancs toute la haine dont son âme était capable.

Pendant ce temps le plumet blanc et le trotteur bai filaient le long du canal, tournaient à la perspective Nievski, puis à la rue des Caravanes, de là gagnaient le pont Siémionovski, puis à droite la Fontanka, où ils s'arrêtaient devant un riche portail avec avant-toit et porte de verre brillamment garnie de bronze.

1. L'uniforme des régiments de cavalerie de la Garde.

« Eh bien, monsieur, dit le cocher, un robuste moujik à la large barbe rousse en éventail, il s'est fait voir, Vaska, aujourd'hui ! »

Il faut remarquer que chez les cochers, le cheval qu'ils aiment s'appelle toujours Vaska[1], même à l'encontre de la volonté de leur maître qui le pare des noms sonores d'Achille ou d'Hector : pour le cocher, il restera non pas « Akhel » ou « Niektor », mais Vaska.

L'officier descendit de voiture, tapota amicalement le garrot du coursier fumant, lui fit un sourire d'encouragement et s'élança vers un splendide escalier ; du fonctionnaire bousculé il ne fut soufflé mot... Maintenant que l'officier a quitté son manteau couvert de neige et qu'il est entré dans son cabinet, nous pouvons tranquillement le suivre et décrire son extérieur, malheureusement peu attrayant : il était de petite taille, large d'épaules et au total mal proportionné ; il semblait de forte complexion, incapable de sensibilité et de surexcitation ; sa démarche était quelque peu mesurée pour un cavalier, ses gestes étaient brusqués tout en manifestant souvent l'indolence et l'insouciante indifférence qui sont maintenant à la mode et dans l'esprit du temps — si ce n'est pas là un pléonasme. Mais à travers cette froide enveloppe perçait souvent la vraie nature du personnage : il était visible qu'il ne suivait pas la mode de tout le monde, mais refoulait ses sentiments et ses pensées par mé-

1. Diminutif de Vassili (Basile).

fiance ou par orgueil. Le timbre de sa voix était tantôt profond tantôt tranchant, selon l'influence de la minute présente ; quand il voulait dire quelque chose d'agréable, il commençait à bégayer et achevait soudain sur une plaisanterie mordante pour dissimuler son propre trouble, — et l'on affirmait dans le monde qu'il avait la langue méchante et dangereuse… car le monde ne tolère en son sein rien de fort, de vibrant, rien qui puisse dénoncer du caractère et de la volonté : il faut au monde les vaudevilles français et la soumission russe à l'opinion d'autrui.

Son visage hâlé, irrégulier, mais plein d'expression, aurait intéressé Lavater et ses adeptes : ils y auraient lu les profondes traces du passé et de merveilleuses promesses d'avenir… mais la foule disait que dans son sourire, dans ses yeux étrangement brillants, il y avait quelque chose…

Je dirai pour terminer le portrait qu'il s'appelait Grégoire Alexandrovitch Piétchorine, que les siens l'appelaient simplement **Georges*[1], à la française, qu'il avait vingt-trois ans et que ses parents étaient propriétaires de trois mille âmes dans les provinces de Saratov, de Voronièje et de Kalouga : ce dernier point pour embellir un peu son personnage dans l'opinion des lecteurs exigeants ! Pardon, j'oubliais de mentionner que Georges était fils unique, compte non tenu

1. Les mots en italique précédés d'un astérisque sont en français dans le texte.

d'une sœur de seize ans qui était loin d'être laide et qui, comme le disait sa maman (le papa n'était plus de ce monde), n'avait pas besoin de dot et pouvait monter haut dans la société avec l'aide de Dieu, de son joli visage et de sa brillante éducation.

Grégoire Alexandrovitch, entré dans son cabinet, se laissa tomber dans un large fauteuil ; un laquais entra et lui fit rapport que Madame était partie dîner en ville et que Mademoiselle avait déjà pris son repas. « Je ne dînerai pas, répondit-il, j'ai déjeuné… »

Puis entra un garçonnet d'environ treize ans, en veste cosaque écarlate, à l'œil vif, à la fraîche frimousse et à l'air polisson, qui, sans un mot, tendit une carte de visite. Piétchorine la posa négligemment sur la table et demanda qui l'avait apportée.

« C'est une jeune dame et son mari qui sont venus tout à l'heure, répondit Fiédka, ils ont dit de donner cette carte à Tatiana Piétrovna (c'était le nom de la mère de Piétchorine).

— Alors, pourquoi me l'apportes-tu ?

— Eh bien, j'ai pensé que c'était la même chose !… Peut-être désirerez-vous la lire ?

— C'est-à-dire que tu as envie de savoir ce qu'il y a là d'écrit.

— Oui, monsieur… ces messieurs-dames n'étaient encore jamais venus chez nous…

— Toi, je t'ai trop gâté, dit Piétchorine d'une voix sévère. Bourre-moi une pipe. »

Mais cette carte de visite avait apparemment le don d'exciter la curiosité... Un bon moment Georges ne put se décider à changer sa confortable position dans le large fauteuil et à étendre la main vers la table... en outre il n'y avait pas de bougie dans la pièce, éclairée par la flamme rougeâtre de la cheminée, et faire apporter de la lumière, détruire le charme de l'éclairage donné par l'âtre, il n'en avait pas envie non plus. Mais la curiosité triompha, il se leva, prit la carte de visite et, avec une impatience mal explicable, l'approcha de la grille de la cheminée : il y lut, imprimé en lettres gothiques : « Le prince Étienne Stièpanovitch Ligovskoï et la princesse. » Il tressaillit, pâlit, ses yeux étincelèrent, et le carton vola dans la cheminée. Deux ou trois minutes il marcha de long en large par la pièce, faisant d'étranges gestes de la main, laissant échapper diverses exclamations, tantôt souriant, tantôt fronçant les sourcils ; enfin il s'arrêta, saisit des pincettes et s'efforça de retirer la carte de la flamme : hélas ! une moitié en était réduite en cendres, et l'autre, racornie, noircie, ne laissait deviner que les mots « Étienne Stièp... ».

Piétchorine posa ces restes misérables sur la table, se rassit dans son fauteuil et se couvrit le visage des deux mains, — et c'est la raison pour laquelle, moi qui sais très bien lire les mouvements d'une âme sur une physionomie, je ne puis vous faire part de ses pensées. Il demeura un quart d'heure dans cette position, et soudain il entendit un bruissement semblable à des pas légers, au froufrou d'une robe ou au mouvement d'une feuille de papier… Bien qu'il ne crût pas aux apparitions, il tressaillit, releva rapidement la tête… et vit devant lui, dans la demi-obscurité, quelque chose de blanc et qui semblait aérien… Il fut une minute sans savoir que croire, tant ses pensées étaient loin… sinon du monde, du moins de cette pièce…

« Qui est là ? demanda-t-il.

— Moi ! répondit un contralto contrefait, — et un sonore éclat de rire féminin retentit.

— Varinka ! Gamine, va !

— Mais tu dormais !… C'est follement drôle !…

— Je voudrais dormir. On est plus tranquille !

— C'est honteux ! Voilà pourquoi nous autres, nous nous ennuyons tellement au bal, en société !… Vous ne cherchez tous que la tranquillité… Ils sont aimables, les jeunes gens…

— Mais permettez de vous demander — répliqua Georges en bâillant — au nom de quoi nous avons obligation de vous amuser…

— Parce que nous sommes des dames.

— Grand bien vous fasse. Mais nous, nous ne nous ennuyons pas sans vous…

— Qu'est-ce que j'en sais !… Et puis, qu'allons-nous nous raconter entre nous ?

— La mode, les potins… ce n'est pas assez ? Confiez-vous l'une à l'autre vos secrets…

— Quels secrets ? Je n'ai pas de secrets… Tous les jeunes gens sont tellement insupportables…

— La plupart d'entre eux ne sont pas habitués à la société féminine.

— Ils n'ont qu'à s'y habituer… ils ne veulent même pas essayer. »

Georges se leva d'un air grave et s'inclina avec un sourire railleur.

« Barbara Alexandrovna, je remarque que vous avancez à grands pas vers le temple de la connaissance. »

Varinka rougit et fit la moue de ses lèvres roses… et son frère se laissa tout tranquillement retomber dans son fauteuil. Cependant on apporta des bougies, et pendant que Varinka fait la tête et tapote du doigt une vitre, je vais vous décrire la pièce où nous nous trouvons. Elle était à la fois cabinet de travail et salon, et communiquait par un couloir avec le reste de la maison. Des tentures françaises bleu clair couvraient ses murs ; la porte de chêne ciré, avec sa poignée à la mode, et le cadre de la fenêtre, du même chêne, disaient le bon goût du maître de céans. La draperie au-dessus des fenêtres était dans le goût chinois, et le soir, ou quand le soleil donnait sur les vitres, s'abaissaient des stores ponceau, contraste tranchant avec la couleur de la chambre, mais qui montrait un certain amour de l'étrange, de l'original. Face à la fenêtre se trouvait la table de travail, couverte de gravures, de papiers, de livres, d'encriers de formes diverses et de bibelots à la mode ; d'un côté de la table se dressait un haut treillage, enveloppé d'un impénétrable entrelacs de vigne vierge ; de l'autre, le fauteuil où était maintenant assis Georges. À ses pieds le plancher était dissimulé sous un large tapis bariolé d'arabesques ; sur un autre tapis persan, suspendu au mur qui faisait face à la fenêtre, étaient accrochés des pistolets, deux fusils turcs, des sabres et poignards tcherkesses, cadeaux de compagnons d'armes qui avaient naguère fait un tour de l'autre côté du Balkan... Sur la cheminée de marbre trônaient trois bustes d'albâtre, caricatures de Paganini, d'Ivanov et de Rossini. Les autres murs étaient nus, longés par de larges divans garnis de soie puce. Un unique tableau attirait les regards, pendu au-dessus de la porte qui menait à la chambre à coucher ; il représentait un visage humain inconnu, peint par un artiste russe inconnu, ignorant de son génie dont nul n'avait pris souci de lui parler. Ce tableau était l'œuvre d'une fantaisie profonde et sombre. Le visage était peint franchement de face, sans aucun artifice d'inclinaison ou de tournure, la lumière tombait d'en haut, le vêtement était indiqué à grands traits obscurs et indistincts : il semblait que toute la pensée de l'artiste se fût concentrée sur les yeux et le sourire... La tête était plus grosse que nature, la chevelure tout unie tombait des deux côtés du front qui, fortement saillant et arrondi, avait dans sa structure on ne sait quoi d'inhabituel.

Les yeux regardaient fixement et brillaient de ce terrible éclat qui est parfois celui d'yeux vivants à travers les trous d'un masque de velours noir ; leur rayon scrutateur et chargé de reproche semblait vous suivre dans tous les angles de la pièce, et le sourire qui distendait les lèvres minces et serrées était plutôt dédaigneux que railleur. Chaque fois que Georges regardait cette tête, il y trouvait une nouvelle expression ; elle était son interlocuteur dans les moments de solitude et de rêverie ; en fervent de Byron, il y voyait le portrait de Lara. Quand il la montrait avec enthousiasme à ses camarades, ils la qualifiaient de convenable tableau.

Cependant, tandis que je vous décrivais le cabinet, Varinka s'est peu à peu avancée vers la table, puis s'est rapprochée de son frère et assise devant lui sur une chaise. Il n'y avait plus dans ses yeux bleus la moindre trace de sa colère d'une minute, mais elle ne savait comment renouer l'entretien. Ses yeux tombèrent sur la carte de visite à demi consumée.

« Qu'est-ce que c'est que cela ? "Étienne Stièp..." Ah ! c'est probablement le prince Ligovskoï qui vient de passer chez nous !... Comme j'aimerais revoir Vièrotchka ! Mariée... Elle était si gentille... J'ai entendu dire hier qu'ils étaient arrivés de Moscou !... Mais qui a fait brûler cette carte ? Il fallait la donner à maman !

— C'est moi, je crois, dit Georges. En allumant ma pipe...

— C'est du joli ! Je voudrais que Vièrotchka l'apprenne... cela lui ferait sûrement plaisir !... C'est ainsi, monsieur, que votre cœur varie !... Je le lui dirai, je le lui dirai sans faute ! Au fait, non, cela doit lui être bien égal maintenant, puisqu'elle est mariée !...

— Tu as un jugement très sain pour ton âge !... répondit le frère, et il bâilla, ne sachant que dire de plus...

— Pour mon âge ! Suis-je donc un enfant ! Maman dit qu'une jeune fille de dix-sept ans a autant de raison qu'un homme de vingt-cinq.

— Tu fais très bien d'écouter ta maman. »

Cette phrase, en apparence élogieuse, avait un air de moquerie ; de sorte que la bonne entente fut de nouveau rompue, et tous deux se turent... Le petit valet entra et tendit un billet : une invitation à un bal chez le baron R...

« Quelle barbe ! dit Georges. Il faut y aller.

— Il y aura **mademoiselle Negouroff*!... répliqua d'un air ironique Varinka. Hier encore elle demandait de tes nouvelles. Quels yeux elle a ! Une merveille !

— "Comme des charbons ardents dans une forge" !...

— Avoue quand même que ses yeux sont admirables !

— Quand on loue les yeux, c'est que le reste ne vaut rien.

— Ris toujours !... Tu n'es pas indifférent...

— Mettons.

— Ça aussi, je le dirai à Vièrotchka !...

— Tu disais, il n'y a pas si longtemps, que je lui indiffère !...

— Je vous prie de croire que je parle mieux que cela ! Je ne suis pas une petite pensionnaire[1].

— Oh, certes non ! Très loin de là... »

Elle rougit et s'en alla.

Mais je dois vous avertir qu'ils étaient dans un mauvais jour. Ils vivaient habituellement en très grande amitié, et surtout Georges aimait sa sœur du plus tendre amour fraternel.

La dernière allusion à **mademoiselle Negouroff* (c'est ainsi que nous l'appellerons désormais) rendit Piétchorine pensif ; enfin une idée inattendue lui tomba du ciel, il approcha un encrier, prit une feuille de papier à lettres et se mit à écrire quelque chose ; tandis qu'il écrivait, un sourire satisfait paraissait fréquemment sur son visage, ses yeux pétillaient, — bref, il s'amusait beaucoup, comme un homme qui a imaginé quelque chose de peu ordinaire. Son billet achevé, il le glissa dans une enveloppe et l'adressa à « Mademoiselle Élisabeth Lvovna[2] Niègourova, en main propre » ; puis il appela Fiédka et le chargea de le porter à la poste urbaine, — mais en sorte que nul ne le vît. Le petit Mercure, fier de la confiance de Mon-

1. Varinka veut dire par là que son russe n'est pas celui, bourré de gallicismes, qu'apprenaient les jeunes filles nobles au Couvent Smolny.

2. La destinataire s'appelle en réalité Élisabeth *Nikolaïevna* ; c'est un affront volontaire que lui fait Piétchorine.

sieur, partit comme une flèche ; Piétchorine fit atteler son traîneau et, une demi-heure plus tard, partit pour le théâtre ; mais durant cette course il n'eut l'occasion d'écraser aucun fonctionnaire.

CHAPITRE II

On donnait *Fenella*, quatrième représentation. Une infranchissable foule se pressait dans l'étroit passage menant à la caisse... Piétchorine, qui n'avait ni billet ni patience, s'adressa à un employé du théâtre qui vendait le programme. Il obtint pour quinze roubles un fauteuil au deuxième rang à gauche — et au bout de la rangée : avantage important pour ceux qui ménagent leurs jambes et vont prendre un thé au *Phénix*. Quand Piétchorine entra, l'ouverture n'était pas encore commencée et beaucoup de loges étaient encore inoccupées : entre autres, juste au-dessus de lui, au bel-étage, il y avait une loge vide ; dans la loge voisine étaient assis les Niègourov, père, mère et fille ; la fille aurait été assez jolie, si la pâleur, la maigreur et l'âge, défaut à peu près général des jeunes filles pétersbourgeoises, n'avaient obscurci l'éclat de deux yeux immenses et rompu l'harmonie de traits assez réguliers et d'une expression de fine intelligence. Elle salua Piétchorine assez aimablement et s'éclaira d'un sourire.

« Apparemment, la lettre n'est pas encore arrivée à son adresse ! » pensa-t-il, et il dirigea son face-à-main vers les autres loges. Il y reconnut une quantité de connaissances de bal, qu'il saluait ou ne saluait pas selon qu'elles le remarquaient ou non ; il ne se froissait pas de l'indifférence du monde à son égard, car il estimait le monde à son juste prix ; il savait qu'il est facile de faire parler de soi, mais il savait aussi que le monde ne s'intéresse pas deux fois de suite à la même personne ; il lui faut sans cesse de nouvelles idoles, de nouvelles modes, de nouveaux romans… Les vétérans de la gloire mondaine, comme tous les vétérans, sont les plus pitoyables créatures… Dans une société restreinte, où une conversation intelligente et variée remplace les danses (raouts mis à part), où l'on peut parler de tout sans craindre la censure des duègnes et sans avoir affaire à des jeunes filles excessivement sévères et inabordables, — dans un milieu de cette sorte il aurait pu briller et même plaire, parce que l'esprit et l'âme, en s'extériorisant, donnent aux traits physiques vie et jeu et font oublier leurs imperfections ; mais de sociétés de ce genre, il en est peu chez nous en Russie, moins encore à Pétersbourg en dépit de la qualification qu'on lui donne de ville parfaitement européenne et de souveraine du bon ton. Je noterai en passant que le bon ton ne règne que là où vous n'entendrez rien de trop, mais hélas, mes amis ! on y entend à ce prix bien peu de chose !

Dans un bal, Piétchorine, avec ses dehors peu avantageux, se perdait dans la foule des assistants, il était ou morose, ou excessivement méchant, parce que son amour-propre souffrait. Dansant rarement, il ne pouvait causer qu'avec les dames qui faisaient tapisserie toute la soirée, — et c'est justement avec celles-là qu'il ne liait jamais connaissance... Il avait eu d'abord une occupation : la satire ; en marge d'une mazurka, il passait en revue les danseurs, et ses remarques mordantes faisaient bientôt le tour de la salle et plus tard de la ville. Mais un jour il entendit par hasard, pendant une mazurka, la conversation d'un grand diable de diplomate avec une jeune princesse : le diplomate prenait à son compte toutes ses propres saillies, et les convenances seules empêchaient la jeune princesse de rire à pleine gorge. Piétchorine se souvint que lorsqu'il avait dit les mêmes choses, et beaucoup mieux, à une des nymphes du bal deux jours auparavant, elle n'avait fait que hausser les épaules sans même se donner la peine de le comprendre ; dès lors il dansa davantage et fit moins d'esprit ; et il lui sembla même qu'on l'accueillait alors avec plus de plaisir. Bref, il commença à se rendre compte que *selon les lois fondamentales de la société on n'attend pas d'un danseur qu'il ait de l'esprit* !

Les premiers sons de l'ouverture retentirent. Tout était plein, seule la loge voisine de celle des Niègourov restait vide et attirait constamment les regards curieux de Piétchorine : cela lui semblait étrange, et il aurait vivement souhaité de voir enfin qui étaient ces gens qui se privaient de l'ouverture de *Fenella*.

Le rideau se leva, et c'est à cette minute qu'un bruit de chaises se fit entendre dans la loge vide. Piétchorine leva la tête, mais il ne put voir qu'un béret ponceau et une divine main blanche et potelée qui, tenant une ravissante lorgnette, se posait négligemment sur le velours incarnat de la loge. Il tenta plusieurs fois de suivre les mouvements de l'inconnue, pour distinguer au moins un œil ou une joue : en vain. Il renversa une fois la tête en arrière assez pour pouvoir voir le front et les yeux... mais comme pour le narguer une énorme trompette double couvrit tout le haut du visage de l'inconnue. Il se fit mal au cou, fut pris de colère et se donna sa parole de ne plus regarder cette maudite loge. Le premier acte s'acheva, Piétchorine se leva et se rendit avec quelques camarades au *Phénix*, s'efforçant de ne pas même laisser son regard tomber par mégarde sur la loge détestée.

Le *Phénix* est un restaurant fort remarquable par sa position topographique par rapport à l'entrée des artistes du théâtre Alexandra. Il fut un temps où, tandis que de lourdes guimbardes, tirées par une paire de haridelles cagneuses, se pressaient devant la porte étroite du théâtre, et que de jeunes nymphes, enveloppées des grossiers châles réglementaires, bondissaient sur les marchepieds grinçants, une foule de galants aux belles moustaches, armés de brillants faces-à-main et de regards encore plus brillants, se pressait sur ton perron, ô *Phénix* ! Mais ces jours turbulents n'ont pas duré : et là où frissonnaient jadis des plumets noirs et blancs, maintenant font sagement les cent pas des tricornes sans plumet[1] : grand exemple des revirements de la destinée humaine !

Piétchorine entra au *Phénix* avec un officier du Prèobrajenski[2] et un autre de l'artillerie montée. Il commanda du thé et prit place avec eux à une table. Il y avait beaucoup de monde. À la même table que Piétchorine était assis un jeune homme en frac, vêtu sans grande élégance, et qui fumait des cigarettes faites à la main, au grand scandale des garçons de l'établissement. Ce jeune homme était de haute taille, blond et remarquablement beau ; de grands yeux bleus rêveurs, un nez régulier pareil à celui de l'Apollon du Belvédère, l'ovale grec du visage et de magnifiques cheveux naturellement ondulés, devaient attirer l'attention de chacun ; seules ses lèvres, trop minces et pâles en comparaison des vives couleurs répandues sur les joues, ne m'auraient pas plu. Aux boutons de cuivre armoriés de son frac on pouvait deviner qu'il était fonctionnaire, comme tous les jeunes gens portant frac à Pétersbourg. Il était assis pensif et ne

1. C'est-à-dire des fonctionnaires civils (ils portaient aussi un uniforme).

2. Le plus ancien (remontant à Pierre le Grand) et le plus prestigieux des régiments de la Garde.

semblait pas entendre la conversation des officiers, qui plaisantaient, riaient et racontaient des anecdotes, tout en faisant passer avec du mauvais thé la fumée du tabac. Ils se mirent à parler chevaux ; le lieutenant d'artillerie vantait son trotteur ; une discussion s'engagea ; Piétchorine raconta **à propos* comment il avait ce jour-là renversé, près du pont de l'Ascension, un jeune élégant, et comment il avait échappé à la poursuite... Le costume de l'élégant en casquette avachie fut décrit, ainsi que sa malheureuse position sur le trottoir. On rit. Quand Piétchorine eut terminé, le jeune homme en frac se leva et, tendant le bras pour prendre son chapeau sur la table, fit basculer à terre le plateau avec la théière et les tasses ; le mouvement avait été visiblement intentionnel. Tous les regards se tournèrent vers lui ; mais celui de Piétchorine était le plus insolent et le plus provocant ; le sang monta au visage de l'inconnu, il restait immobile sans s'excuser... Le silence dura une minute, un cercle se forma, et tous attendaient une *histoire*. Soudain Piétchorine se rassit et appela d'une voix forte le garçon : « Combien pour cette vaisselle ? » — on lui dit un prix trois fois majoré.

« Ce monsieur a été assez maladroit pour la casser, poursuivit froidement Georges. Voici l'argent — il jeta la somme sur la table ; dis-lui qu'il peut maintenant s'en aller librement. »

Le garçon, devant tout le monde, fit respectueusement savoir au fonctionnaire que tout était réglé, et demanda son pourboire... Mais l'autre, sans répondre, se retira : des rires l'accompagnèrent. Les officiers riaient le plus fort... et louaient leur camarade d'avoir si magnifiquement accommodé l'adversaire, sans pour autant s'engager dans une *histoire*. Oh ! Une histoire, chez nous, c'est une chose terrible : que vous ayez noblement ou bassement agi, que vous ayez raison ou non, que vous ayez pu l'éviter ou non, si votre nom est mêlé à une histoire, c'est tout un, vous perdez tout : les faveurs de la société, votre carrière, l'estime de vos amis... Avoir une histoire ! il ne peut rien être de plus terrible, de quelque manière qu'elle ait tourné ! Une notoriété particulière est quelque chose qui blesse profondément la société : vous y avez fait parler de vous deux jours, souffrez vingt ans pour la peine. Le jugement de l'opinion publique, partout entaché d'erreur, se fonde en outre, chez nous, sur de tout autres bases que dans le reste de l'Europe. En Angleterre, par exemple, une banqueroute est un déshonneur ineffaçable, une raison suffisante de suicide. Une fredaine de mœurs, en Allemagne, ferme à jamais les portes de la bonne société. (La France, je n'en parle pas : il y a dans le seul Paris plus d'opinions publiques diverses que dans le monde entier.) Tandis que chez nous ?... Un concussionnaire avéré est partout très bien reçu : on l'excuse en disant : Bah ! qui n'en fait autant !... Un lâche est partout bien traité, parce qu'il est un garçon paisible. Mais un homme mêlé à une histoire ! Oh ! pas de pardon pour lui : les mamans disent de lui : « Dieu sait quel personnage c'est ! » et les papas ajoutent : « Un drôle !... »

Les officiers, sans plus d'émotion, achevèrent leur thé et s'en allèrent. Piétchorine sortit le dernier ; sur le perron, quelqu'un l'arrêta par le bras en lui disant :

« J'ai à vous parler ! »

Au tremblement de la main il devina que c'était son adversaire de tout à l'heure. Rien à faire, il n'éviterait pas une histoire.

« Parlez, je vous en prie, répondit-il négligemment ; mais pas ici, on gèle.

— Allons dans le couloir du théâtre ! » répondit le fonctionnaire. Ils y allèrent en silence.

Le deuxième acte était commencé ; les couloirs et les larges escaliers du théâtre étaient déserts. Ils s'arrêtèrent sur le palier d'un escalier isolé, à peine éclairé par une lampe éloignée, et Piétchorine, les bras croisés sur la poitrine, appuyé à la rampe de fer, fermant à demi les yeux, toisa du regard son interlocuteur et dit :

« Je vous écoute !...

— Cher monsieur — la voix du fonctionnaire tremblait de colère, les veines saillaient sur son front et ses lèvres pâlirent —, cher monsieur !... vous m'avez offensé ! vous m'avez mortellement outragé !

— Ce n'est pas un secret, répondit Georges ; vous auriez pu vous expliquer devant tout le monde, et je vous aurais répondu ce que je vais vous répondre maintenant... Quand voulez-vous que nous nous battions ? Maintenant ? Demain ?... Je pense avoir deviné votre intention ; en tout cas le bris des tasses n'était pas un hasard : vous vouliez commencer par quelque chose... et vous avez choisi un commencement très spirituel, — ajouta-t-il avec une inclination railleuse...

— Cher monsieur ! répondit l'autre, étouffant de colère. Vous avez failli m'écraser ce matin, oui, moi qui suis devant vous... et vous vous en vantez, vous trouvez cela drôle ! Et de quel droit ? Parce que vous avez un trotteur, un plumet blanc, des épaulettes dorées ? Ne suis-je pas gentilhomme aussi bien que vous ? Je suis pauvre ! Oui, je suis pauvre ! Je vais à pied, dès lors, bien sûr, je ne suis pas un homme, et qui parle de gentilhomme ! Ah ! cela vous égaie !... vous pensiez que j'allais écouter humblement vos insolences, parce que je n'ai pas d'argent à jeter sur la table !... Non, jamais ! jamais, jamais je ne vous le pardonnerai !... »

À cet instant son visage enflammé était beau comme la tempête. Piétchorine le regardait avec une froide curiosité, et dit enfin :

« Vos considérations sont un peu longues. Dites votre heure et séparons-nous ; vos cris vont réveiller tous les laquais. » Et en effet, plusieurs de ceux-ci, qui sommeillaient sur les manteaux de leurs maîtres dans le couloir de la première galerie, commençaient à lever la tête...

« Je m'en moque bien ! Que le monde entier m'écoute !...

— Je ne suis pas de cet avis... Si vous voulez, demain à huit heures je vous attends avec mon témoin. »

Piétchorine dit son adresse.

« Se battre ! Je vous comprends ! Se battre à mort !... et vous croyez que je serai suffisamment dédommagé quand je vous aurai logé une balle dans le cœur !... Belle consolation !... Non, je voudrais que vous viviez éternellement, et pouvoir éternellement me venger de vous. Se battre ! Non, le succès est trop incertain...

— En ce cas allez-vous-en chez vous, buvez un verre d'eau et allez dormir, répliqua Piétchorine en haussant les épaules, et il voulut partir.

— Non, attendez, dit le fonctionnaire se reprenant quelque peu, et écoutez-moi !... Vous pensez que je suis un poltron ? Que la bravoure ne peut aller sans exhibition d'éperons ou d'épaulettes ?... Croyez bien que j'attache moins de prix que vous à la vie et à l'avenir ! Ma vie est amère, je n'ai pas d'avenir... Je suis pauvre, si pauvre que je prends ici un strapontin : je ne peux pas dépenser une fois l'an cinq roubles pour mon plaisir, je vis de mon traitement, sans amis, sans famille, je n'ai que ma vieille mère... je suis tout pour elle, je suis sa providence et son soutien, elle est pour moi famille et amis. Depuis que je vis je n'ai encore aimé personne d'autre qu'elle : si elle me perdait, cher monsieur, elle mourrait ou de chagrin, ou de faim... — Il s'arrêta, les yeux pleins de larmes et injectés de sang... — Et vous avez pensé que j'allais me battre avec vous ?

— Mais enfin, que voulez-vous de moi ? dit Piétchorine impatient.

— Je voulais vous faire dire votre repentir.

— Vous paraissez oublier que ce n'est pas moi qui ai engagé la querelle.

— Alors, écraser un homme, ce n'est rien... une plaisanterie, un amusement !

— Je vous promets de faire fouetter mon cocher...

— Oh, vous me faites perdre patience !...

— Eh bien, alors, battons-nous !... »

Le jeune homme ne répondit pas, il se prit le visage à deux mains, sa poitrine haletait, ses paroles hachées révélaient son désespoir, il semblait sangloter ; il s'écria enfin : « Non, je ne peux pas, je ne veux pas la faire mourir !... » et il s'enfuit.

Piétchorine le suivit d'un regard de compassion et se rendit à son fauteuil. Le deuxième acte de *Fenella* tirait déjà à sa fin... L'artilleur et l'officier du Prèobrajenski, assis à l'autre bout de la rangée, n'avaient pas remarqué son absence.

CHAPITRE III

Estimés lecteurs, vous avez tous vu cent fois *Fenella*, vous avez tous applaudi à grands cris la Novitskaïa et Holland, — aussi vais-je sauter les trois actes restants et lever mon propre rideau à la minute même où tombait celui du théâtre Alexandra ; je noterai seulement que Piétchorine s'intéressa peu à la pièce : il était distrait et oublia même l'intéressante loge qu'il s'était juré de ne pas regarder.

En foule bruyante et satisfaite les spectateurs descendaient les spirales des escaliers vers la sortie. En bas retentissaient les appels des gendarmes et des laquais. Les dames, emmitouflées, serrées contre le mur, protégées par les pelisses de fourrures d'ours de leurs maris ou de leurs papas contre les regards impertinents de la jeunesse, tremblaient de froid et souriaient à leurs connaissances. Les officiers et les damoiseaux en civil allaient et venaient, le lorgnon à la main, à grand bruit les uns de sabre et d'éperons, les autres de snow-boots. Les dames du grand monde formaient un groupe à part sur les degrés inférieurs du grand escalier ; elles riaient, parlaient fort et dirigeaient leurs faces-à-main d'or sur celles du petit monde, les dames de petite noblesse ordinaire, et les unes enviaient secrètement les autres : les premières la beauté des secondes, les secondes, hélas ! l'orgueil et l'éclat des premières.

Les unes et les autres avaient leurs cavaliers : respectueux et graves chez les premières, empressés et parfois maladroits chez les secondes… Au milieu se pressait la foule des non-mondains, de ceux qui n'avaient de relations ni avec les premières, ni avec les secondes — la foule des spectateurs. Les marchands et le petit peuple sortaient par une autre porte. C'était en réduction le tableau de toute la société pétersbourgeoise.

Piétchorine, enveloppé dans son manteau et le chapeau rabattu sur les yeux, s'efforçait d'atteindre la porte. Il se trouva à la hauteur d'Élisabeth Nikolaïevna Niègourov ; à un expressif sourire il répondit par un sec salut et voulut passer son chemin, mais il fut retenu par la question qu'elle lui posa :

« Pourquoi êtes-vous si sérieux, **monsieur Georges* ? Vous n'êtes pas content du spectacle ?

— Au contraire, j'ai applaudi à pleine voix Holland !…

— N'est-ce pas que Novitskaïa est très mignonne !…

— Vous avez raison.

— Elle ne vous enthousiasme pas ?

— Je m'enthousiasme très rarement.

— Vous n'encouragez personne de cette manière ! dit-elle d'un ton dépité et en s'efforçant de sourire ironiquement.

— Je ne connais personne qui ait besoin de mes encouragements..., répondit négligemment Piétchorine. Et puis l'enthousiasme est quelque chose d'un peu puéril...

— Vos idées et vos paroles sont sujettes à d'étonnantes variations... Il n'y a pas si longtemps...

— Vraiment... »

Piétchorine n'écoutait pas, ses regards s'efforçaient de percer le mur multicolore des pelisses, des manteaux de dames, des chapeaux... Il lui avait semblé voir fugitivement là-bas, derrière une colonne, un visage connu, particulièrement connu... À cette minute un gendarme appela, et un grand flandrin de laquais répéta après lui : « Le coupé du prince Ligovskoï ! » Jouant désespérément des coudes, Piétchorine se précipita vers la porte... à trois ou quatre personnes de lui apparurent un instant un manteau rose et de menues bottines... un laquais ouvrit au manteau rose la portière d'un magnifique coupé, une pelisse en peau d'ours y grimpa après lui, la portière claqua... « Rue de la Mer ! En route ! » L'intéressant coupé fit place à un autre, non moins intéressant peut-être — mais pas pour Piétchorine. Il était comme cloué sur place !... Une torturante pensée lui vrillait le cerveau : cette loge, qu'il s'était juré de ne pas regarder… C'était la princesse qui s'y trouvait, c'était sa main rose qui reposait sur le velours écarlate ; ses yeux, peut-être, s'étaient fréquemment posés sur lui sans qu'il songeât même à se retourner, la puissance magnétique du regard de la femme aimée n'avait pas agi sur ses nerfs de brute… ô rage ! il ne se le pardonnerait jamais ! Furieux contre lui-même, il chercha le long du trottoir son traîneau, réveilla d'une bourrade son cocher, étendu en chien de fusil dans la couverture de peau d'ours, et rentra chez lui. Quant à nous, tournons-nous vers Élisabeth Nikolaïevna Niègourov et suivons-la.

Quand ils furent montés dans leur coupé, son père commença une longue dissertation sur les jeunes gens du temps présent.

« Tiens, Piétchorine, par exemple, dit-il, on ne le verra pas nous rechercher, moi ou Katienka (Katienka[1], c'était sa femme, qui avait cinquante-cinq ans), non, pas même un regard !… C'était autre chose de notre temps : quand un jeune homme était épris, il s'efforçait de complaire aux parents, à toute la famille… au lieu d'être tout le temps à chuchoter dans les coins avec la fille et à lui faire les yeux doux… Aujourd'hui, ça fait honte à voir !… Et les jeunes filles, donc !… Autrefois, un mot de

1. Diminutif de tendresse qu'on réserve ordinairement à une fillette ou à une toute jeune femme (Catherine).

trop, elles rougissaient, et fini, plus de réponse… Tandis que toi, ma petite, fille de vingt-cinq ans, c'est tout juste si tu ne te pends pas à son cou… bien pressée de te marier !… »

Élisabeth Nikolaïevna voulut répondre, ses yeux s'emplirent de larmes… et elle ne put prononcer un mot. Catherine Ivanovna prit sa défense :

« Allons, tu es toujours à la houspiller… ça ne sert à rien !… Ce n'est pas sa faute si les jeunes gens ne se déclarent pas… il ne faut pas laisser échapper l'occasion !… Piétchorine est un parti riche… de bonne famille — pourquoi pas un mari ? Elle ne va pas rester à la maison toute la vie… Dieu merci, rien que les toilettes, ce qu'elles me coûtent… Et toi avec ton refrain : pressée de te marier, pressée de te marier !… Et si on ne se mariait pas, qu'est-ce qu'on ferait… » — Et ainsi de suite.

Ces disputes se renouvelaient, sous une forme ou une autre, chaque fois que le père, la mère et la fille se retrouvaient entre eux trois… La fille se taisait, et ce qui se passait dans son cœur à ces moments-là, Dieu seul le sait.

Ils arrivèrent chez eux. Catherine Ivanovna et son grognon d'époux gagnèrent leur chambre, et leur fille la sienne. Les parents étaient à la fois de la vieille et de la nouvelle époque ; les anciennes façons de voir, à demi oubliées, à demi effacées par les impressions nouvelles de la vie de Pétersbourg, par l'influence de la société que sa fonction obligeait Nicolas Piétrovitch à fréquenter, ne réapparaissaient que dans les moments de mauvaise humeur ou dans les disputes : elles lui semblaient les meilleurs arguments, parce qu'il se souvenait du formidable effet qu'elles avaient produit sur lui-même aux jours de sa jeunesse. Catherine Ivanovna était une dame point sotte, au dire des fonctionnaires qui servaient sous les ordres de son mari ; une femme adroite et retorse de l'avis d'autres dames d'âge ; une maman bonne, confiante et aveugle pour la jeunesse dansante… quant à son vrai caractère, je ne l'ai pas encore bien démêlé ; je tâcherai dans mes descriptions de réunir et de traduire ensemble les trois appréciations que je viens de rapporter… et s'il en résulte un portrait fidèle, je promets de me rendre à pied au monastère d'Alexandre Nievski écouter les chantres !…

Quant à Élisabeth Nikolaïevna… oh, point d'exclamation… attendez !… elle est maintenant montée dans sa chambre et elle a appelé sa femme de chambre Marfoucha, une fille épaisse et grêlée… mauvais signe !… Je ne voudrais pas que ma femme ou ma fiancée eût une fille de chambre épaisse et grêlée !… Je ne puis supporter les filles de chambre épaisses et grêlées, à la chevelure graissée d'huile finnoise ou lissée avec du *kvas* qui colle et roussit les cheveux, aux mains rugueuses comme du pain de seigle rassis, aux yeux ensommeillés, aux pieds claquant dans des savates sans cordons, à la lourde démarche et — le pire de tout — à la taille quadrangulaire engoncée dans une robe d'intérieur bariolée et plus étroite en bas qu'en haut... Une femme de chambre ainsi faite, occupée à son travail dans l'arrière-chambre d'une maison convenable, est pareille à un crocodile au fond d'un limpide puits américain... Une femme de chambre ainsi faite, telle une tache de graisse perçant à travers les frais ramages d'une robe reteinte, suggère de tristes doutes sur le genre de vie domestique des maîtres de céans... Ô chers amis, Dieu vous garde de vous éprendre d'une jeune fille ayant une femme de chambre ainsi faite ; si vous partagez mon avis, c'est la fin à jamais de votre enchantement.

Élisabeth Nikolaïevna ordonna à la femme de chambre de lui ôter ses souliers et ses bas et de lui délacer son corset, pendant qu'assise sur son lit elle jetait négligemment sa parure de tête sur sa coiffeuse, et ses cheveux noirs tombèrent sur ses épaules... Mais je ne poursuis pas la description : personne ne s'intéresse à contempler des charmes fanés, une jambe maigrichonne, un cou décharné et de sèches épaules sur lesquelles une robe trop étroite a laissé des marques rouges ; chacun a probablement assez vu de choses semblables. Élisabeth Nikolaïevna s'étendit dans son lit, approcha la bougie posée sur la table de nuit et ouvrit un quelconque roman français. Marfoucha sortit... le silence régna dans la chambre... le livre tomba des mains de la triste jeune fille, elle soupira et se perdit dans ses réflexions.

Certes, nulle beauté défleurie ne m'a confié les pensées et les sentiments qui agitaient son cœur après un bal ou une longue soirée mondaine, quand dans sa chambre solitaire elle évoquait tout son passé, récapitulait toutes les déclarations d'amour qu'elle avait autrefois écoutées avec une feinte froideur et un sourire affecté, ou bien avec un véritable plaisir, et qui n'avaient pas eu pour elle d'autres suites que dix lignes de plus dans son album ou que l'épigramme vengeresse d'un adorateur éconduit, jetée en passant sur sa chaise pendant une longue mazurka. Mais je me doute que ces réflexions doivent être pénibles, insupportables pour l'amour-propre, et pour le cœur si elle en a un — car l'histoire naturelle est maintenant enrichie d'une nouvelle variété de très mignonnes et jolies créatures : celle des femmes sans cœur.

Pour deviner plus facilement à quelles pensées se livrait Élisabeth Nikolaïevna, je me vois obligé, à mon grand regret, de vous rapporter quelques particularités de sa vie... d'autant plus que c'est indispensable pour l'intelligence des événements qui suivirent.

Elle était née à Pétersbourg et n'était jamais sortie de Pétersbourg — sauf une fois pour aller deux mois aux eaux à Revel... mais vous savez vous-même que Revel n'est pas la Russie, de sorte que la tendance de son éducation pétersbourgeoise n'en fut en rien modifiée. Chez nous en Russie, les « madames » françaises sont quelque peu passées de mode, et à Pétersbourg elles n'ont pas cours... Engager une Anglaise était au-dessus des moyens de ses parents : les Anglaises sont chères. Prendre une Allemande était également malaisé : Dieu sait sur quoi l'on peut tomber, il y en a de tant d'espèces... Élisabeth Nikolaïevna resta donc sans madame, elle apprit le français par sa maman, et surtout par les gens qu'on recevait, car dès son enfance elle passa ses journées au salon, assise auprès de maman et écoutant toutes sortes de choses... Quand elle eut treize ans, on lui prit un précepteur à l'heure : elle acheva en un an un cours de langue française... et son éducation mondaine commença. Il y avait dans sa chambre un piano, mais nul ne l'entendit jamais en jouer... Elle apprit à danser dans les sauteries d'enfants... Elle commença à lire des romans dès qu'elle eut fini d'apprendre à épeler... et elle les lisait étonnamment vite... Cependant son père fit un héritage considérable, après quoi il reçut un bel emploi — et commença à vivre plus largement... À quinze ans on lui fit faire son entrée dans le monde, en la faisant passer pour âgée de dix-sept ans, et jusqu'à vingt-cinq ans cet âge de convention resta inchangé... La dix-septième année est un point de congélation : elle s'étend à volonté, comme des bretelles de caoutchouc. Élisabeth Nikolaïevna était assez jolie et très « intéressante » : la pâleur et la maigreur sont intéressantes, vu que les Françaises sont pâles et les Anglaises maigres… Il faut remarquer que le charme de la pâleur et de la maigreur n'existe que dans l'imagination des dames, et que les hommes de chez nous ne se rallient que par complaisance à leur avis, pour éviter de quelque manière le reproche d'impolitesse et de « goûts de soudard ».

Dès la première apparition d'Élisabeth Nikolaïevna sur les parquets cirés des salons, elle trouva des adorateurs. C'était le genre d'hommes qui applaudissent toujours le dernier vaudeville, qui galopent écouter la cantatrice nouvelle, qui ne lisent que les livres de fraîche date. D'autres leur succédèrent : ceux-ci lui faisaient la cour pour éveiller la jalousie d'une maîtresse refroidie ou pour piquer l'amour-propre d'une cruelle. Puis vint un troisième type d'adorateurs : ceux qui s'éprenaient par oisiveté, pour passer agréablement une soirée, car Élisabeth Nikolaïevna avait acquis la pratique de la conversation mondaine, et elle était très gentille, un peu railleuse, un peu rêveuse… Quelques-uns de ces galants s'éprirent sérieusement et demandèrent sa main : mais elle eut envie de s'essayer un peu au rôle flatteur de la beauté inexorable… en outre ils étaient tous très ennuyeux : ils furent éconduits… L'un fit de désespoir une longue maladie, d'autres se consolèrent bientôt… Cependant le temps coulait ; elle était devenue une fille exercée et hardie : elle fixait sur chacun son face-à-main, causait très librement, ne rougissait pas d'un mot ou d'un regard équivoque — et autour d'elle se mirent à graviter de roses jeunes gens qui éprouvaient leurs forces à l'escarmouche verbale et qui lui consacraient leurs premiers essais d'éloquence passionnée — et qui bientôt se persuadèrent qu'elle était une femme invincible et fantasque : l'essaim des soupirants se dispersa de toutes parts... et finalement vint pour Élisabeth Nikolaïevna la période la plus douloureuse et la plus périlleuse pour le cœur d'une beauté déclinante...

Elle était maintenant à l'âge où lui faire la cour ne posait pas de problèmes de conscience, mais où s'éprendre d'elle devenait difficile ; à l'âge où n'importe quel mirliflore volage et insouciant ne se fait pas faute de déclarer pour s'amuser une profonde passion, après quoi il s'en va incontinent, pour rire, compromettre la jeune fille aux yeux de ses compagnes, dans l'idée de se donner à soi-même plus de poids... assurer à tous et à chacun qu'elle est folle de lui, et se donner l'air de la plaindre, de ne pas savoir comment se débarrasser d'elle... lui dire des mots tendres à l'oreille, et des méchancetés tout haut... La pauvrette, pressentant que c'est là son dernier adorateur, s'efforce sans amour, uniquement par amour-propre, de garder le plus longtemps possible le mauvais sujet à ses pieds... en vain : elle s'englue de plus en plus — et finalement... hélas... après cette période il ne reste que les rêves d'un mari, de n'importe quel mari... rien que des rêves.

Élisabeth Nikolaïevna en était à cette période, mais le dernier coup ne lui fut pas porté par un plaisantin insouciant, ni par un dandy dénué de cœur ; voici comment les choses se passèrent.

Un an et demi auparavant, Piétchorine était encore assez neuf dans le monde : il lui fallait, pour se maintenir, acquérir ce que certains appellent la notoriété mondaine, c'est-à-dire la réputation d'un homme qui peut faire le mal quand il lui en prend fantaisie. Pendant un certain temps il se chercha vainement un piédestal du haut duquel il pût se faire regarder par la foule ; devenir l'amant d'une beauté connue aurait été trop difficile pour un débutant, et compromettre une fille jeune et innocente, il n'aurait pu s'y résoudre, et c'est pourquoi il choisit pour instrument Élisabeth Nikolaïevna, qui n'était ni l'une ni l'autre. Que voulez-vous ! dans notre pauvre société, la phrase « il a coulé tant de réputations » signifie presque : il a gagné tant de batailles.

Élisabeth Nikolaïevna et lui se connaissaient depuis longtemps. Ils se saluaient. Son plan dressé, Piétchorine se rendit à un bal où il savait la rencontrer. Il l'observa attentivement et constata que personne ne l'avait invitée pour la mazurka ; les musiciens avaient reçu le signe de commencer, les cavaliers déplaçaient les chaises en les disposant en cercle. Élisabeth Nikolaïevna se rendit aux toilettes pour cacher son dépit ; Piétchorine l'attendit à la porte de la salle ;

quand elle y parut, la deuxième figure commençait déjà ; Piétchorine s'approcha en hâte.

« Où vous cachiez-vous ? lui dit-il ; je vous cherchais partout, j'ai même préparé nos chaises, tant j'espérais fermement que vous ne me refuseriez pas.

— Vous êtes bien sûr de vous. »

Et l'inattendu du plaisir éclata dans ses yeux.

« Mais vous ne me punirez pas trop sévèrement de cette outrecuidance ? »

Elle ne répondit pas et le suivit.

Leur conversation se poursuivit durant toute la danse, étincelante de plaisanteries, d'épigrammes, touchant à tout, même à la métaphysique de l'amour. Piétchorine n'épargna pas une seule des jeunes et fraîches rivales de sa danseuse. Au souper, il prit place auprès d'elle, leur entretien avança de plus en plus loin, si bien qu'enfin c'est tout juste s'il ne lui dit pas (de façon ambiguë, naturellement) qu'il l'adorait à la folie. Un grand pas était fait, et il rentra chez lui content de sa soirée.

Plusieurs semaines de suite, dès lors, ils se rencontrèrent dans diverses soirées ; il va de soi qu'il recherchait infatigablement ces rencontres ; quant à elle, pour le moins, elle ne les évitait pas. En un mot il marcha sur les traces des galants d'autrefois et agit selon les formes, classiquement. Bientôt tout le monde eut remarqué leur constante attirance mutuelle, comme un phénomène nouveau et tout à fait original dans notre froide société. Piétchorine évitait les questions indiscrètes, mais en revanche agissait très ouvertement. Élisabeth Nikolaïevna de son côté en était très satisfaite, car elle espérait l'attirer de plus en plus loin et bientôt, comme disent nos mamans, le marier à elle. Ses parents, sans avoir encore aucune opinion à son sujet, ni aucune intention déterminée, l'invitèrent néanmoins à venir les voir, pour le connaître de plus près. Maintes personnes commencèrent à se moquer doucement de lui comme d'un futur fiancé, les bons amis se mirent à lui faire la leçon, à le dissuader d'un acte irréfléchi auquel il ne songeait nullement. Tout cela lui fit conclure que la minute de la crise décisive était venue.

Un bal magnifique était donné chez le baron X... Piétchorine, selon son habitude, dansa le premier quadrille avec Élisabeth Nikolaïevna.

« Elle est bien jolie aujourd'hui, la petite R... », fit Élisabeth Nikolaïevna.

Piétchorine dirigea son face-à-main sur la jeune beauté, la considéra longuement en silence et finit par répondre :

« Oui, elle est très belle. Avec quel goût ces fleurs ponceau sont entrelacées à ses épaisses boucles blondes ! Je m'étais juré de danser sans faute aujourd'hui avec elle, justement parce qu'elle vous plaît... N'est-ce pas que je suis très perspicace quand je veux vous faire plaisir ?

— Oh, sans aucun doute, vous êtes très aimable », répondit-elle en s'empourprant.

À ce moment la musique s'arrêta, le premier quadrille était terminé, et Piétchorine s'inclina très galamment. Tout le reste de la soirée il dansa avec R... ou resta debout près de sa chaise, s'efforçant de parler le plus possible et d'avoir l'air on ne peut plus content, bien qu'entre nous, la petite R... fût fort simplette et ne l'écoutât presque pas ; mais comme il parlait beaucoup, elle en conclut que Piétchorine était un cavalier très agréable. Après une mazurka elle vint à Élisabeth Nikolaïevna, et celle-ci lui demanda avec un sourire ironique :

« Que vous semble de votre constant cavalier d'aujourd'hui ?

— **Il est très aimable* », répondit R...

Le coup était cruel pour Élisabeth Nikolaïevna, qui sentait qu'elle perdait son dernier cavalier, car les autres jeunes gens, voyant Piétchorine s'occuper exclusivement d'elle, l'avaient complètement abandonnée.

Et de fait, à partir de ce jour, Piétchorine devint avec elle plus distrait, plus froid, s'attachant visiblement à lui infliger ces petites contrariétés que tout le monde remarque et dont il est néanmoins impossible de demander réparation. Parlant à d'autres jeunes filles, il affectait pour elle une compassion humiliante, tandis qu'elle au contraire, souhaitant par un mauvais calcul piquer son amour-propre, confiait à ses compagnes, sous le sceau du plus rigoureux secret, son amour le plus pur et le plus sincère. C'était un tort : lui ne faisait que savourer un surcroît de triomphe, et elle, à persuader les autres, se persuada peu à peu elle-même de la réalité de son amour. Ses parents, plus perspicaces en spectateurs impartiaux qu'ils étaient, se mirent à la sermonner : « Voilà, ma petite, toute une année passée pour rien, et on a repoussé un prétendant qui a vingt mille de revenu, c'est vrai qu'il est vieux et impotent, mais que valent les jeunes gens d'aujourd'hui ! Il est joli, ton Piétchorine ! Nous le savions bien, qu'il ne t'épouserait pas, et puis sa mère ne lui permet pas de se marier ! Et au bout du compte il se moque de toi, maintenant ! »

Il va de soi que ce ne sont pas là des paroles faites pour apaiser ni un amour-propre ulcéré, ni un cœur frustré. Élisabeth Nikolaïevna en éprouvait bien la vérité, mais cette vérité n'était plus nouvelle pour elle. Quand on a longtemps nourri un dessein et beaucoup sacrifié pour lui, il est difficile d'y renoncer, et si à ce dessein sont attachés les derniers espoirs d'une jeunesse qui se fane, c'est impossible. C'est dans cette situation que nous avons laissé Élisabeth Nikolaïevna, revenue du théâtre, étendue sur son lit un livre en main et laissant errer ses pensées dans le passé et dans l'avenir.

Lasse de parcourir des yeux dix fois la même page, elle jeta impatiemment le livre sur sa table de chevet et remarqua soudain une lettre adressée à son nom et portant le cachet de la poste urbaine.

On ne sait quel sentiment intime lui chuchotait de ne pas décacheter la mystérieuse enveloppe, mais la curiosité l'emporta, l'enveloppe fut déchirée d'une main tremblante, elle approcha la bougie, et ses yeux parcoururent avidement les premières lignes. La missive était d'une écriture visiblement contrefaite, comme de crainte que les lettres même ne trahissent leur secret. Au lieu de signature, il y avait au bas une espèce d'hiéroglyphe égyptien, très semblable aux taches qu'on voit sur la lune et auxquelles beaucoup de bonnes gens donnent une signification symbolique. Voici mot à mot cette lettre :

Chère mademoiselle !

Vous ne me connaissez pas, moi, je vous connais ; nous nous rencontrons souvent, l'histoire de votre vie m'est aussi connue que mon calepin, mais vous n'avez jamais entendu mon nom. Je m'intéresse à vous précisément parce que vous n'avez jamais fait attention à moi, et je suis aujourd'hui très content de moi et résolu à faire une bonne action. Je n'ignore pas que Piétchorine vous plaît, que vous ne cessez de penser à ranimer en lui des sentiments qu'il n'a jamais eus même en rêve, il s'est joué de vous, il est indigne de vous : il en aime une autre, tous vos efforts ne serviront qu'à vous perdre, le monde vous montre déjà du doigt, bientôt il se détournera tout à fait de vous. Aucun avantage personnel ne m'a poussé à vous donner des conseils aussi imprudents et audacieux.

Et pour mieux vous convaincre de mon désintéressement, je vous jure que vous ne connaîtrez jamais mon nom.

Ensuite de quoi je reste

Votre très humble serviteur…

À lire une pareille lettre, une autre aurait eu une crise nerveuse ; mais le coup, qui frappait Élisabeth Nikolaïevna au plus profond du cœur, n'agit pas sur ses nerfs, elle pâlit simplement, se hâta de brûler la lettre et d'en souffler à terre la cendre légère.

Puis elle éteignit la bougie et se tourna vers le mur ; il semble qu'elle pleura, mais si bas, si bas, que si vous aviez été à son chevet vous auriez cru qu'elle dormait tranquillement et sans souci.

Le lendemain elle se leva plus pâle que d'ordinaire, entra à dix heures à la salle à manger, distribua elle-même le thé comme d'habitude. Quand la table fut desservie, son père partit pour son bureau, sa mère s'assit à son ouvrage, elle alla dans sa chambre ; en traversant le salon, elle rencontra un laquais.

« Où vas-tu ? demanda-t-elle.

— Annoncer quelqu'un, s'il vous plaît.

— Qui donc ?

— Eh bien, ce monsieur… l'officier… M. Piétchorine…

— Où est-il ?

— Il s'est arrêté devant le perron. »

Élisabeth Nikolaïevna rougit, puis pâlit… et dit sèchement au laquais :

« Dis-lui qu'il n'y a personne à la maison. Et quand il reviendra — ajouta-t-elle comme ayant peine à prononcer ces mots — ne le reçois pas ! »

Le laquais s'inclina et sortit, et elle courut précipitamment dans sa chambre.

CHAPITRE IV

Éconduit de façon aussi catégorique, Piétchorine, comme vous devez bien vous en douter, ne s'étonna point ; il s'était préparé à ce dénouement et même l'avait désiré. Il se rendit rue de la Mer. Son traîneau glissait rapidement sur la neige friable ; la matinée était brumeuse et promettait un prochain dégel. Beaucoup d'habitants de Pétersbourg, ayant passé leur enfance sous un autre climat, subissent étrangement l'influence du ciel de cette ville. On ne sait quelle indifférence morose, semblable à celle avec laquelle notre soleil nordique se détourne de cette ingrate contrée, s'insinue dans l'âme et engourdit tous les organes vitaux. En un pareil moment le cœur est incapable d'enthousiasme et l'esprit de réflexions. C'est dans cet état d'âme que se trouvait Piétchorine. Un succès inattendu avait couronné sa frivole entreprise, et il n'en éprouvait même pas de joie. Dans quelques minutes il allait revoir la femme qui avait été son rêve incessant durant plusieurs années, à laquelle était lié son passé, pour laquelle il était prêt à livrer son avenir, — et son cœur ne frémissait pas d'impatience, de crainte, d'espérance. Une sorte de torpeur maladive, de confusion et d'ankylose des pensées qui, tels de lourds nuages, assaillaient son esprit annonçait seule un proche orage intérieur. Il se rappelait son ardeur de naguère et s'en voulait de son flegme présent.

Voici son traîneau arrêté devant une demeure. Il descendit et mit la main à la poignée de la porte, mais avant de la tourner il revit en imagination tout son passé, et toutes sortes de sentiments se réveillèrent soudainement, en tempête, dans son âme. Il fut effrayé lui-même des battements bruyants de son cœur, comme s'effraient les citadins endormis en entendant le tocsin nocturne. Quelles étaient ses intentions, ses craintes et ses espérances, Dieu seul le sait, mais, d'évidence, il était sur le point de faire un pas décisif, de donner à sa vie une nouvelle direction. Enfin la porte s'ouvrit, et il monta lentement le large escalier. Au suisse qui lui demandait qui il désirait, il répondit en demandant si la princesse Vièra Dmitrievna était chez elle.

« Le prince Étienne Stièpanovitch est chez lui, monsieur.

— Et la princesse ? insista impatiemment Piétchorine.

— La princesse aussi, monsieur. »

Piétchorine donna son nom, et le suisse alla l'annoncer.

À travers la porte entrouverte du hall, Piétchorine jeta un regard curieux, cherchant à se faire plus ou moins, d'après l'arrangement des pièces, une vague idée de la vie intime des habitants, mais hélas ! tous les halls de la capitale sont pareils, comme tous les sourires et tous les accueils. Seul le cabinet de travail peut parfois révéler des secrets domestiques, mais le cabinet de travail est aussi impénétrable aux visiteurs que l'est le cœur. Toutefois son bref échange de paroles avec le suisse avait permis à Piétchorine de deviner que le personnage principal de la maison était le prince. « Étrange, pensa-t-il. Elle a épousé un homme âgé, désagréable et commun, probablement afin de faire ses propres volontés, et quoi ? — si je devine la vérité, si elle a librement changé un esclavage pour un autre, alors, quel peut bien être son but ? Quelle raison… ? mais non, il ne se peut pas qu'elle l'aime, cela, j'en réponds sur ma tête. »

À ce moment le suisse entra et prononça solennellement :

« Veuillez entrer, le prince est au salon. »

À pas lents, Piétchorine traversa le hall, son regard se voila, le sang reflua à son cœur. Il se sentit pâlir en franchissant le seuil du salon. Une jeune femme en peignoir matinal de satin et bonnet de blonde[1] était négligemment assise

1. Blonde : dentelle de soie.

sur un divan ; auprès d'elle, assis dans un fauteuil, en frac d'uniforme, se trouvait un monsieur corpulent et chauve, aux yeux immenses injectés de sang et au sourire large à n'en plus finir ; debout auprès de la fenêtre, un autre monsieur en redingote, assez maigre, aux cheveux taillés en brosse, aux joues flasques et à l'expression assez vulgaire, qui lisait un journal et ne se retourna même pas à l'entrée du jeune officier. C'était le prince Étienne Stièpanovitch.

La jeune femme se leva vivement, adressa à Piétchorine un très vague salut, puis s'approcha du prince et lui dit :

« **Mon ami*, voici M. Piétchorine, il est un vieil ami de notre famille... **Monsieur* Piétchorine, je vous présente mon mari. »

Le prince jeta le journal sur le bord de la fenêtre, s'inclina, voulut dire quelque chose, mais de ses lèvres ne sortirent que des mots entrecoupés :

« Certainement... Très agréable... la famille de ma femme... vous êtes bien aimable... je tiens pour un devoir... madame votre mère est une personne si respectée... j'ai eu l'honneur de passer chez elle hier avec ma femme.

— Maman voulait venir avec ma sœur vous voir aujourd'hui, mais elle est un peu souffrante et m'a prié de vous témoigner ses respects. »

Piétchorine ne savait pas lui-même ce qu'il disait. S'étant ressaisi et pensant qu'il avait dit une sottise, il prit une espèce d'air froid et contraint. La princesse eut probablement l'impression que cette phrase était destinée à expliquer sa visite comme n'étant pas faite de son plein gré. L'expression de son visage se fit également contrainte. Elle soupçonnait une intention de reproche, ses joues étaient prêtes à s'empourprer, mais elle se détourna vivement, dit quelque chose au gros monsieur, qui éclata de rire et fit à haute voix : « Oh, oui ! » Puis elle invita Piétchorine à s'asseoir, reprit elle-même sa place, tandis que le prince revenait à son journal.

La princesse Vièra Dmitrievna Ligovskoï était une femme de vingt-deux ans, de taille moyenne pour son sexe, blonde aux yeux noirs, ce qui donnait à son visage une sorte de charme original et, la distinguant nettement des autres femmes, écartait des comparaisons qui, peut-être, n'auraient pas été à son avantage. Elle n'était pas une beauté, bien que ses traits fussent assez réguliers. L'ovale du visage était d'une perfection attique, et le teint d'une transparence peu commune. La perpétuelle mobilité de sa physionomie, contrastant visiblement avec ce que ses traits avaient d'un peu accusé, l'empêchait de plaire à tous et de plaire toujours ; mais un homme exercé à suivre ces changements instantanés aurait pu y découvrir une rare ardeur intérieure, et cette constante excitabilité nerveuse qui promet tant de jouissances à un amant perspicace. Sa taille était souple, ses mouvements lents, sa démarche égale. En la voyant pour la première fois vous auriez dit, si vous êtes un observateur expérimenté, que c'était une femme de caractère ferme, décidé, froid, croyant en sa propre conviction, prête à sacrifier son bonheur aux principes, mais non à la rumeur publique. En la voyant à la minute de la passion et de l'émotion, vous auriez dit tout autre chose, — ou plutôt vous n'auriez su que dire.

Pendant quelques minutes, Piétchorine et elle restèrent face à face dans un silence gêné de part et d'autre. Le gros monsieur, qui était d'aventure un baron, profita de cette pause pour exposer par le détail ses liens de famille avec l'ambassadeur de Prusse. La princesse amena très adroitement le baron, par diverses questions, à prolonger encore son discours. Georges, les yeux fixés avec insistance sur Viéra Dmitrievna, s'efforçait, mais vainement, de deviner ses secrètes pensées ; il voyait bien qu'elle n'était pas dans son assiette, qu'elle était soucieuse, agitée. Ses yeux étaient tantôt éteints, tantôt brillants, ses lèvres tantôt souriantes tantôt serrées, ses joues rougissaient et pâlissaient successivement : mais quelle était la cause de cette agitation ?... Peut-être une scène de ménage avant l'arrivée de Piétchorine, car le prince était visiblement de mauvaise humeur ; peut-être la joie et le trouble de l'amour renaissant, ou tout juste réveillé, qu'elle avait eu pour lui ; peut-être un sentiment désagréable à retrouver un homme qui connaissait certains secrets de sa vie et de son cœur, qui avait le droit de lui faire des reproches et qui était peut-être prêt à le faire…

Piétchorine, peu accoutumé à interpréter à son avantage les regards et les sentiments féminins, s'arrêta à la dernière supposition… Il décida par orgueil de montrer que, tout comme elle, il avait oublié le passé et se réjouissait de son bonheur… Mais malgré lui ses mots rendaient le son de l'amour-propre blessé. Quand il prit la parole, la princesse se détourna soudain du baron… et celui-ci resta la bouche ouverte, alors qu'il allait énoncer la conclusion la plus importante et la plus convaincante de ses déductions.

« Princesse, dit Georges… excusez-moi, je ne vous ai pas encore félicitée… de votre titre princier !… Croyez bien pourtant que c'est avec cette intention que j'avais hâte d'avoir l'honneur de vous revoir… mais quand je suis entré ici, le changement qui s'est fait en vous m'a tellement frappé que, j'avoue… j'ai oublié le devoir de politesse…

— J'ai vieilli, n'est-ce pas ? répondit Vièra en inclinant la tête sur l'épaule droite.

— Oh ! vous plaisantez ! Vieillit-on dans le bonheur ?… Au contraire, vous avez embelli, vous…

— Certes, je suis très heureuse, coupa la princesse.

— C'est ce que dit tout le monde ; bien des jeunes filles vous envient… D'ailleurs vous êtes si raisonnable que vous ne pouviez que faire un choix aussi digne... Il n'est personne qui ne vante l'amabilité, l'intelligence et le talent de votre époux... » (Le baron fit de la tête un signe d'approbation.) La princesse fut sur le point de sourire, puis soudain l'agacement se marqua sur son visage.

« Compliment pour compliment, **monsieur* Piétchorine... Vous aussi avez changé en mieux.

— Que voulez-vous ? Le temps est tout-puissant... Même nos vêtements, comme nous-mêmes, sont soumis à d'étranges changements : vous portez maintenant un bonnet de blonde, et moi, au lieu du frac du jeune noble moscovite ou de la redingote de l'étudiant, un uniforme avec épaulettes... C'est probablement à cause de cela que j'ai le bonheur de plaire davantage... vous êtes maintenant tellement habituée aux splendeurs ! »

La princesse voulut se venger de l'épigramme.

« Parfaitement ! s'écria-t-elle, vous avez deviné... C'est vrai que pour nous, pauvres petites Moscovites, un uniforme de la Garde est une véritable merveille !... » Elle eut un sourire moqueur, le baron éclata de rire, et Piétchorine s'en prit à lui.

« Vous avez un allié si empressé, princesse, dit-il, que je dois m'avouer battu. Je suis sûr que le baron, sur un signe de vous, est prêt à m'écraser de tout son poids. »

Le baron comprenait mal le russe, bien qu'il fût né en Russie : il rit encore plus fort, croyant que c'était un compliment pour lui en même temps que pour Vièra Dmitrievna. Piétchorine haussa les épaules ; et la conversation languit de nouveau. Par bonheur, le prince s'approcha, tenant d'un air grave son journal.

« Voici qui te concerne, dit-il à sa femme : un nouveau magasin vient de s'ouvrir sur la perspective Nievski. Je vais vous montrer — dit-il en s'adressant aux visiteurs — le cadeau de Pétersbourg que j'ai offert hier à ma femme ; tout le monde dit que ce sont des boucles d'oreilles dernier cri, et ma femme dit que non ; quel sera votre goût ? »

Il passa dans une autre pièce et apporta un écrin de maroquin. Les mots « ma femme », si souvent répétés par le prince, rendaient aux oreilles de Piétchorine un son grossier et déplaisant ; il avait dès le premier mot reconnu dans le prince un homme de peu d'esprit, il se convainquait maintenant qu'il n'était même pas un homme du monde. Les boucles d'oreilles passèrent de main en main, le baron poussa à leur sujet quelques exclamations prolongées, Piétchorine après lui les examina machinalement.

« Et à votre avis — demanda le prince Étienne Stièpanytch en s'enfonçant dans sa cravate et en relevant d'une main son col empesé —, combien les ai-je payées, devinez ! »

Les boucles d'oreilles coûtaient au plus quatre-vingts roubles et avaient été payées soixante-quinze. Piétchorine dit à dessein cent cinquante. Le prince en fut déconcerté. Il ne répondit rien, rougissant de dire la vérité, et s'assit sur un canapé avec un regard fort peu gracieux pour Piétchorine. La conversation tourna à un échange général de potins de la ville, de nouvelles de Moscou : le prince, remis un peu en gaieté, déclara très franchement que s'il n'avait pas eu un procès en cours, il n'aurait certainement pas quitté Moscou et le Club anglais[1], ajoutant que le Club anglais de Pétersbourg n'était rien auprès de celui de Moscou. Enfin Piétchorine se leva, présenta ses salutations, et il était déjà arrivé à la porte quand soudain la princesse bondit de sa place et le pria instamment de ne pas oublier d'embrasser pour elle la chère Varinka cent fois, mille fois. Piétchorine eut envie de lui faire remarquer qu'il ne pouvait pas transmettre des baisers verbaux, mais il n'avait pas l'esprit à la plaisanterie, et il s'inclina de nouveau très gravement. La princesse lui sourit de ce sourire dépourvu de signification qui s'épanouit sur les lèvres d'une danseuse après une pirouette réussie.

C'est avec un amer pressentiment qu'il quitta la pièce ; ayant traversé le hall, il se retourna : la princesse était debout dans la porte, elle le suivait, immobile, du regard ; le voyant se retourner, elle disparut.

« Étrange, pensa Piétchorine en montant dans son traîneau ; il fut un temps où je lisais

1. Le Club anglais, à Moscou comme à Pétersbourg, était une société aristocratique très fermée.

sur son visage tous les mouvements de sa pensée aussi infailliblement que ma propre écriture, et maintenant je ne la comprends pas, je ne la comprends absolument pas. »

CHAPITRE V

Jusqu'à dix-neuf ans, Piétchorine avait vécu à Moscou. Dès l'enfance il avait erré de pension en pension, puis avait finalement couronné ses errances en entrant à l'université, selon la volonté de sa très sage maman. Il avait contracté un tel goût du changement de lieux que s'il avait vécu en Allemagne, il serait devenu *Wander student*. Mais dites, pour Dieu, quelle possibilité y a-t-il en Russie de se faire errant pour un possesseur de trois mille âmes et neveu de vingt mille tantes moscovites ! Aussi toutes ses pérégrinations s'étaient-elles limitées à des tournées, avec une troupe de vauriens pareils à lui, au parc Piétrovski, à Sokolniki et au Bois Marie. Vous pouvez bien imaginer qu'ils ne prenaient pas avec eux de cahiers et de livres, de peur de paraître pédants. Les amis de Piétchorine, dont le nombre, d'ailleurs, n'était pas très grand, étaient tous des jeunes gens qui se fréquentaient dans la société, car à cette époque les étudiants étaient à peu près les seuls cavaliers des jeunes beautés moscovites, lesquelles soupiraient involontairement après des épaulettes et des aiguillettes, ne se doutant pas que de notre temps ces brillants accessoires ont perdu leur signification d'autrefois.

Piétchorine et ses camarades étaient aussi de tous les corsos. Bras dessus, bras dessous, ils se promenaient entre les rangées de coupés et de landaus, au grand scandale des agents de police. Rencontrant un de ces jeunes gens, on pouvait parier les yeux fermés que les autres allaient apparaître à l'instant. À Moscou, où les surnoms sont encore à la mode, on les avait surnommés **la bande joyeuse*.

Vint pour Piétchorine le temps des examens ; durant toute l'année il n'avait pour ainsi dire pas fréquenté les cours, et il avait maintenant l'intention de sacrifier quelques nuits à la science et de rattraper d'un bond ses camarades ; une circonstance survint soudain qui l'empêcha de mettre à exécution cet héroïque dessein. Tatiana Piétrovna, la mère de Piétchorine, donnait parfois des soirées enfantines pour sa fille cadette ; ces soirées réunissaient aussi des demoiselles déjà grandes et des vierges mûres, avides de toutes les soirées possibles. Les enfants allaient dormir à dix heures, et les plus grands leur succédaient sur le parquet de danse. À ces soirées venaient fréquemment les R..., père et fille : ils étaient de vieilles connaissances de Tatiana Piétrovna, et même un peu parents. La fille de ce M. R... s'appelait alors simplement Vièrotchka. Georges, habitué à la voir souvent, ne trouvait rien en elle de particulier, et elle évitait sa conversation. Un jour, une nombreuse compagnie se trouva réunie pour aller au monastère de saint Simon, assister à la messe de nuit, écouter les chantres et prendre le frais. C'était au printemps. On prit place sur de longues *liniéïki*[1] attelées chacune de six chevaux, et l'on partit de l'Arbat en joyeuse caravane. Le soleil déclinait vers les monts des Moineaux, et la soirée était vraiment très belle.

Un hasard voulut que Georges fût assis à côté de Vièrotchka, il en fut tout d'abord mécontent : la fraîcheur et la modestie de ses dix-sept ans lui paraissaient des signes assurés de froideur et d'excessive et fade innocence de cœur. Qui de nous, à dix-neuf ans, ne s'est jeté à corps perdu à la poursuite de quelque coquette sur le déclin, de celles dont les paroles et les regards sont pleins de promesses, et dont l'âme est pareille aux sépulcres blanchis de l'Écriture ? Extérieurement elles sont tout brillant et tout charme, intérieurement mort et poussière.

Quand on fut hors de la ville, quand l'atmosphère épanouie du soir rafraîchit les joyeux voyageurs, Georges entra en conversation avec sa voisine. Elle parlait avec simplicité, vivacité et assez de liberté. Elle était quelque peu romanesque, mais ne faisait rien pour le montrer, au

1. *Liniéïka* : sorte de char à bancs.

contraire elle en avait honte comme d'une faiblesse. Les jugements de Georges, à cette époque, étaient tranchants, pleins de contradictions malgré leur originalité, comme le sont en général les jugements des jeunes gens élevés à Moscou et accoutumés à développer sans contrainte leurs pensées.

Enfin on arriva au monastère. En attendant l'office, on alla regarder les remparts, le cimetière ; on grimpa sur la plate-forme de la tour de l'Ouest, celle même du haut de laquelle, dans les temps anciens, nos aïeux surveillaient les environs, et où le Dernier Novik[1] découvrit si tard son origine, et sa destinée, et son nom de proscrit. Georges ne quittait pas Vièrotchka, parce qu'il était gênant de s'en aller sans achever l'entretien, et l'entretien était de telle sorte qu'il pouvait se poursuivre à l'infini. Aussi bien se poursuivit-il durant tout l'office, à l'exception des minutes où l'admirable chœur des moines et la voix du Père Victor les plongeait dans une muette émotion religieuse. Après ces minutes-là, en revanche, l'imagination échauffée et les sentiments remués par l'harmonie donnaient un nouvel aliment aux pensées et aux paroles. Après la messe, on se promena encore, et l'on revint à la ville dans le même or-

1. Fils illégitime de la tsarevna Sophie Alexiéievna, sœur de Pierre le Grand, et du prince V. Golitsyne. Après une existence orageuse et tragique, il finit ses jours au monastère de Saint-Simon.

dre, très tard. Toute la journée qui suivit, Georges pensa à cette soirée, puis il se rendit chez les R... pour en parler et faire part de ses impressions à celle avec qui il les avait éprouvées. Les visites se firent plus fréquentes et prolongées : elles ne pouvaient, en raison des relations étroites qui unissaient les deux maisons, éveiller aucun soupçon. Ainsi passa tout un mois, et tous deux se convainquirent qu'ils étaient amoureux l'un de l'autre à la folie. À leur âge, quand la passion est un plaisir, sans mélange de soucis, de craintes et de repentirs, il est très facile de se convaincre de tout.

Georges avait une riche tante, qui était parente au même degré des R... La tante invita les deux familles à venir passer deux semaines chez elle non loin de Moscou. Sa demeure était immense, avec un vaste jardin, — bref, toutes les commodités. De fréquentes promenades rapprochèrent encore davantage Georges et Vièrotchka ; malgré la foule des madames et des enfants qui entouraient la tante, ils trouvaient toujours quelque moyen d'être en tête à tête : chose d'ailleurs très facile quand on est deux à en avoir envie.

Cependant, à l'université, les examens avaient commencé. Georges n'y parut pas ; bien entendu, il ne reçut pas son certificat, mais il ne se souciait pas de l'avenir, et il assura à sa mère que l'examen était encore ajourné à trois semaines, et qu'il y était entièrement préparé. Les promenades vespérales eurent pour conséquence infaillible une déclaration d'amour, puis des serments de fidélité. Enfin, quand les deux semaines furent passées, il fallut rentrer à Moscou. La veille du jour fatal (c'était le soir), ils étaient ensemble sur le balcon ; je ne sais quel invisible démon rapprocha leurs lèvres et leurs mains dans une muette étreinte et un baiser muet !... Ils en eurent peur d'eux-mêmes : et bien que Georges fût de bonne heure entré, avec l'aide de ses camarades, sur la voie de la débauche, l'honneur d'une jeune fille innocente était encore pour lui chose sacrée. Le lendemain, en montant en voiture, ils échangèrent comme auparavant des saluts très polis, mais Vièrotchka rougit, et ses yeux brillèrent.

La supercherie de Georges fut découverte dès qu'ils arrivèrent à Moscou, la déconvenue de Tatiana Piétrovna fut terrible, ses réprimandes intarissables. Georges les subit humblement et silencieusement, en stoïque. Mais un invisible orage s'amoncelait sur lui. Le comité des oncles et des tantes décréta qu'il fallait l'expédier à Pétersbourg et le placer à l'école des junkers[1] : on ne voyait pas pour lui d'autre salut ; là, décida-t-on, il serait mis à la raison et instruit à la discipline.

C'est alors que commença la campagne de Pologne[2], toute la jeunesse s'enrôlait à la hâte ; entrer à l'école était désavantageux pour Geor-

1. C'est-à-dire des élèves-officiers nobles.
2. Celle de 1830-1831, après le soulèvement de Varsovie.

ges, car les junkers de deuxième classe ne devaient pas aller en campagne. Il obtint, presque à genoux, de sa mère l'autorisation d'entrer au régiment de hussards de N..., stationné non loin de Moscou. Après bien des pleurs et des gémissements il reçut sa bénédiction, mais le plus difficile restait encore à faire : il fallait en informer Vièrotchka. Il était encore assez innocent pour craindre de la tuer par cette nouvelle inattendue. Mais elle l'écouta sans rien dire et lui adressa un regard de reproche, ne croyant pas qu'il fût de circonstances qui pussent l'amener à rompre avec elle : son serment et ses promesses lui étaient une sûreté.

Quelques jours plus tard, Georges vint chez les R... prendre congé. Vièrotchka était très pâle ; il resta peu de temps au salon, et quand il en sortit, elle le rejoignit en courant, par une autre porte, dans le hall. Elle lui prit la main, la serra bien fort et prononça d'une voix mal assurée : « Je n'appartiendrai jamais à un autre. » La pauvrette tremblait de tout le corps. Ces sensations étaient pour elle si nouvelles, elle avait tellement peur de perdre un ami, elle était si sûre de son propre cœur ! Georges mit un ardent baiser sur son front virginal tout de glace, la fit asseoir sur une chaise, descendit tête baissée l'escalier et rentra chez lui au galop. Le soir, un laquais vint de chez les R... demander à Tatiana Piétrovna un flacon de je ne sais quelles gouttes et de l'alcool pour Mademoiselle qui, dit-il, était très mal et s'était deux ou trois fois évanouie. Ce fut un coup terrible pour Georges, il ne dormit pas de la nuit, fit atteler dès l'aurore et partit pour son régiment.

Jusqu'ici, aimables lecteurs, vous avez vu que l'amour de mes héros ne sortait pas des règles générales de tous les romans et de tout amour à son début. Mais par la suite… oh ! par la suite vous verrez et entendrez des choses étonnantes.

Piétchorine, au cours de la campagne, se distingua comme se distingue tout officier russe, se battit bravement comme tout soldat russe, non sans conter fleurette à mainte *panna*[1] ; mais les dernières minutes de la séparation et la douce image de Vièrotchka agitaient constamment son imagination. Chose étrange ! il était parti avec la ferme intention de l'oublier, et c'est le contraire qui advint (comme il advient presque toujours en pareil cas). Piétchorine avait d'ailleurs le plus malheureux caractère : les impressions d'abord légères se gravaient dans son esprit de plus en plus profondément, si bien que par la suite cet amour acquit sur son cœur droit d'ancienneté, le plus sacré des droits de l'humanité.

Après la prise de Varsovie il fut muté à la Garde ; sa mère et sa sœur vinrent habiter Pétersbourg, et Varinka lui apporta le salut de sa mignonne Vièrotchka, comme elle l'appelait : rien de plus que son salut. Il en fut offensé : il

1. Jeune fille noble en Pologne.

ne comprenait pas encore les femmes. Son dépit secret fut un des motifs qui lui firent courtiser Élisabeth Nikolaïevna ; le bruit en parvint probablement à Vièrotchka. Un an et demi plus tard il apprit qu'elle était mariée ; deux ans plus tard arrivait à Pétersbourg non plus Vièrotchka, mais la princesse Ligovskoï, avec le prince Étienne Stièpanovitch.

C'est ici, je crois, que nous nous sommes arrêtés au chapitre précédent.

CHAPITRE VI

Trois ou quatre jours après la visite de Piétchorine chez le prince, Tatiana Piétrovna invita à dîner quelques amis et parents. Étienne Stièpanytch et sa femme étaient naturellement du nombre.

Piétchorine était dans son cabinet et s'apprêtait déjà à s'habiller pour passer au salon, quand il vit entrer un officier d'artillerie.

« Ah, Branitski ! s'écria Piétchorine, je suis bien content que tu sois passé si à propos, tu vas sans faute dîner chez nous. Figure-toi que nous avons une pleine maison de jeunes personnes, et je leur suis seul livré en pâture ; tu les connais toutes, oblige-moi et reste dîner !

— Tu es si persuasif, répondit Branitski, qu'on dirait que tu appréhendes un refus.

— Non, tu ne peux pas refuser », dit Piétchorine. Il appela un domestique et donna l'ordre de renvoyer le traîneau de Branitski.

Ce qu'ils se dirent ensuite, je ne le rapporterai pas, car ce fut une conversation décousue et creuse comme le sont celles de tous les jeunes gens qui n'ont rien à faire. Et de fait, dites, de quoi peuvent parler des jeunes hommes ? La provision de nouveautés est bientôt épuisée, la politique, le bon sens interdit de s'y lancer, le service, on n'en parle que trop, et les femmes, en notre siècle barbare, elles ont perdu la moitié de leur influence générale d'autrefois. S'amouracher paraît déjà honteux, en parler ridicule.

Quand un certain nombre d'invités furent arrivés, Piétchorine et Branitski passèrent au salon. À trois tables, on faisait un whist. Tandis que les mamans comptaient leurs atouts, les filles, assises autour d'une petite table, causaient du dernier bal, des nouvelles modes. Les deux officiers s'avancèrent vers elles, Branitski sut habilement animer leur petit cercle par un bavardage sans contrainte, Piétchorine demeurait distrait. Il avait remarqué depuis longtemps que Branitski courtisait sa sœur et, ne se mettant pas en peine des suites possibles, évitait de gêner son ami par des airs de surveillance, et sa sœur par des questions indiscrètes. Varinka, elle, trouvait très agréable qu'un jeune homme de manières si aisées la distinguât des autres de façon si marquée, elle qui n'allait même pas encore dans le monde.

Peu à peu les invités arrivaient. Le prince Ligovskoï et la princesse vinrent parmi les derniers. Varinka se jeta au cou de son amie d'autrefois, la princesse l'embrassa d'un air protecteur. Bientôt on se mit à table.

La salle à manger était une pièce luxueusement aménagée, ornée de tableaux dans d'immenses cadres dorés : leurs teintes assombries par l'âge faisaient un tranchant contraste avec l'ameublement de la pièce, léger comme tout ce qui était au goût nouveau. Les personnages de ces tableaux étaient les uns demi-nus, les autres pittoresquement drapés en chlamyde grecque ou parés de costumes espagnols, avec chapeau à plumes à large bord, manches à crevés et manchettes bouffantes. Jetés sur la toile par la main de l'artiste aux moments les plus brillants de leur vie mythologique ou féodale, ils semblaient regarder sévèrement ceux qui étaient groupés dans cette salle, éclairés de centaines de bougies, ne songeant point à l'avenir et encore moins au passé, venus pour un somptueux repas, mais non pas tant pour se délecter des présents du luxe que, les uns pour satisfaire leur vanité d'hommes d'esprit ou leur vanité de riches, les autres par curiosité, par culte des convenances ou dans quelque autre dessein secret. Le vêtement de ces gens, si cérémonieusement assis autour d'une longue table couverte d'argent et de porcelaine, présentait, aussi bien que leurs idées, tous les âges. La plus haute antiquité voisinait dans les parures, avec la toute dernière trouvaille de la modiste parisienne : coiffures à la grecque, entrelacées de guirlandes de fleurs artificielles, boucles d'oreilles gothiques, turbans à la juive, chevelures relevées **à la chinoise*, boucles **à la Sévigné*, somptueuses robes à paniers, manches extraordinairement larges ou extraordinairement étroites. Les hommes étaient coiffés **à la jeune France*, **à la Russe*, **à la moyen âge*, **à la Titus*, portaient menton rasé, moustaches, mouches à l'espagnole, favoris ou même barbe : c'était le lieu de citer Pouchkine : « Quelle variété d'habits et de visages ! »... Quant aux idées de cette compagnie, c'était un pêle-mêle que je ne me chargerai pas de débrouiller.

Piétchorine se trouva assis presque en face de la princesse Vièra Dmitrievna, son voisin de gauche était un monsieur roux, couvert de décorations, qui ne fréquentait chez eux que sur invitation à dîner ; à sa droite était une dame d'une trentaine d'années, remarquablement fraîche et bien conservée, en toque cramoisie à plumes, et d'un maintien très fier, car elle avait la réputation d'une inattaquable vertu. Cela nous montre que Piétchorine, en bon maître de maison, avait choisi pour lui la plus mauvaise place à table.

Vièra Dmitrievna avait pour voisins d'un côté une vieille dame ornée comme une poupée, boucles noires mais sourcils gris, et de l'autre un diplomate long et pâle, coiffé **à la Russe* et parlant russe plus mal que n'importe quel Français. Après le second plat la conversation s'anima.

« Comme vous êtes depuis peu à Pétersbourg — dit le diplomate à la princesse — vous n'avez probablement pas encore eu le temps de goûter et d'apprécier tous les charmes de la vie d'ici. Ces édifices, qui au premier regard ne vous émerveillent que comme tout ce qui est grand, deviendront pour vous sans prix, le temps aidant, quand vous vous souviendrez qu'ils ont vu évoluer et grandir notre culture, et quand vous verrez qu'elle s'y adapte facilement et agréablement. Quiconque est russe doit aimer Pétersbourg : ici tout ce qu'a de meilleur la jeunesse russe s'est rassemblé comme à dessein pour tendre une main amicale à l'Europe. Moscou n'est qu'un magnifique monument commémoratif, le pompeux et muet mausolée du passé : ici est la vie, ici sont nos espérances... »

Ainsi parlait, grandiloquent et pontifiant, le long et maigre diplomate, qui avait la prétention d'être un grand patriote. La princesse sourit et répondit distraitement :

« Peut-être, avec le temps, aimerai-je Pétersbourg, mais nous autres femmes, nous nous abandonnons si facilement aux accoutumances du cœur, et nous pensons si peu, malheureusement, à la culture en général, à la gloire de l'État ! J'aime Moscou : son image est liée pour moi au souvenir d'un temps si heureux ! Tandis qu'ici, ici tout est si froid, si mort... Oh, ce n'est pas seulement mon avis, c'est celui des habitants de cette ville... Ils disent qu'aussitôt franchie l'entrée de Pétersbourg, les gens changent totalement. »

Ces mots, elle les avait prononcés en souriant au diplomate, et en jetant un regard à Piétchorine.

Le diplomate prit la mouche.

« Quelle affreuse calomnie de notre chère ville, s'écria-t-il... et tout vient de Moscou, cette vieille commère qui par envie dénigre sa jeune rivale. »

Aux mots de « vieille commère », la vieille dame trop parée eut un haut-le-corps et faillit avaler une asperge de travers.

« Pour trancher notre différend, poursuivait le diplomate, prenons un arbitre, princesse : voici Grégoire Alexandrovitch, tenez, il a très attentivement écouté notre entretien. Qu'en pensez-vous, **monsieur* Piétchorine ? Je vous en prie, parlez en conscience et ne me faites pas de sacrifices de politesse. Vous approuvez mon choix, princesse ?

— Vous avez choisi un juge assez sévère, répondit-elle.

— Que voulez-vous, nous autres n'oublions jamais notre avantage, répliqua le diplomate avec un sourire content de lui. **Monsieur* Piétchorine, veuillez donc arbitrer.

— Je regrette beaucoup, dit Piétchorine, que vous vous soyez trompé dans votre choix. De votre discussion je n'ai entendu que ce qu'a dit la princesse. »

Le visage du diplomate s'allongea.

« Tout de même, dit-il, à qui donnez-vous la palme, à Moscou ou à Pétersbourg ?

— Moscou est ma ville natale, répondit Piétchorine évasivement.

— Tout de même, laquelle ?... insista le diplomate opiniâtre.

— Je pense, coupa Piétchorine, que ni les édifices, ni la culture, ni l'antiquité n'ont d'influence sur le bonheur et le plaisir. Et les gens changent en franchissant les barrières de Pétersbourg aussi bien que de Moscou, parce que s'ils ne changeaient pas ils s'ennuieraient beaucoup.

— Après un tel arbitrage, princesse, fit le diplomate, je cède ma qualité de diplomate à M. Piétchorine. Il s'est dérobé à une franche réponse comme un Talleyrand ou un Metternich.

— Grégoire Alexandrovitch, répliqua la princesse, ne se laisse pas entraîner par la passion ou le parti pris, il n'obéit qu'à la froide raison.

— C'est vrai, répondit Piétchorine, je me suis mis maintenant à peser mes mots et calculer mes actes, à l'exemple des autres. Quand je me suis laissé entraîner par le sentiment et l'imagination, on s'est moqué de moi et on a exploité ma naïveté : mais qui n'a pas fait de sottises dans sa vie ! Et qui ne s'est repenti ! Maintenant, ma foi, je suis prêt à sacrifier l'amour le plus pur, le plus éthéré, pour trois mille âmes et une distillerie et pour un blason de comte[1] sur la portière de mon coupé ! Il faut saisir l'occa-

1. Les titres de *prince* et de *comte* étaient, depuis Pierre le Grand, décernés par l'Empereur en récompense de services exceptionnels.

sion, ces choses-là ne tombent pas du ciel ! N'est-ce pas ? » — Cette question inattendue était adressée à la dame au béret cramoisi.

La silencieuse vertu se réveilla à cette question posée à brûle-pourpoint, et les plumes d'autruche s'agitèrent sur le béret. Elle ne put pas répondre tout de suite, car ses innocentes quenottes déchiraient une cuisse de gélinotte avec la plus vertueuse application ; tout le monde attendit patiemment sa réponse. Enfin elle desserra les dents et prononça gravement :

« C'est à moi que la question s'adresse ?

— Si vous le permettez, répondit Piétchorine.

— Ne cherchez-vous pas à me faire partager votre rôle d'arbitre et de juge ?

— Je souhaiterais vous le céder entièrement.

— Ah, dispensez-m'en ! »

À cet instant on lui présenta un plat appétissant, elle se servit et reprit :

« Adressez-vous à la princesse, tenez, je pense qu'elle peut beaucoup mieux que moi juger de l'amour et des titres de comte ou de prince.

— C'est votre opinion que je voudrais entendre, dit Piétchorine ; je suis résolu à vaincre votre modestie par mon obstination.

— Vous n'êtes pas le premier, et vous n'y réussirez pas, dit-elle avec un sourire dédaigneux. En outre je n'ai aucune opinion sur l'amour.

— De grâce ! À votre âge, n'avoir pas d'opinion sur un sujet si important pour une femme ! »

La vertu prit un air froissé.

« Vous voulez dire que je suis trop vieille, s'écria-t-elle en rougissant.

— Au contraire, je voulais dire que vous êtes encore si jeune...

— Dieu merci, je ne suis pas une enfant... vous vous rattrapez bien maladroitement.

— Que faire ! Je vois que j'ai augmenté d'une unité le nombre déjà si grand des infortunés qui tentent en vain de vous plaire... »

Elle se détourna de lui, et il se retint de rire tout haut.

« Qui est cette dame ? lui demanda tout bas le monsieur roux aux nombreuses décorations.

— La baronne Strahl, répondit Piétchorine.

— A-ah ! fit le monsieur roux.

— Vous avez certainement beaucoup entendu parler d'elle ?

— N-non, rien de précis.

— Elle a eu raison de deux maris, reprit Piétchorine, elle en est au troisième, qui probablement lui survivra.

— O-oh ! » fit le monsieur roux, et il se remit à sa sauce aux truffes.

Sur ce, la conversation tomba, mais le diplomate prit la peine de la renouer.

« Si vous aimez les arts, dit-il en se tournant vers la princesse, je puis vous annoncer une nouvelle fort agréable : le tableau de Brullov, *Le Dernier Jour de Pompéi*, va venir à Pétersbourg. Toute l'Italie l'a porté aux nues, les Français l'ont éreinté. Il sera intéressant de savoir maintenant où penchera le public russe, du côté du vrai bon goût ou du côté de la mode. »

La princesse ne répondit rien, elle était distraite, ses yeux erraient sans but le long des murs de la salle ; et le mot « tableau » les fit seulement s'arrêter sur une scène espagnole accrochée en face d'elle. Le tableau était ancien, assez médiocre, mais il avait pris de la valeur parce que les couleurs s'étaient ternies et le vernis craquelé. On y voyait trois personnages : un homme âgé et grisonnant, assis sur un fauteuil de velours, entourait d'une main la taille d'une jeune femme et tenait de l'autre une coupe de vin ; il avançait ses lèvres rouges vers la tendre joue de la jeune femme et renversait du vin sur sa robe. Elle, comme subissant malgré elle ses grossières caresses, penchée par-dessus le bras du fauteuil et appuyée du coude à l'épaule du vieillard, se détournait sur le côté, un doigt sur les lèvres et le regard fixé sur une porte entrouverte derrière laquelle brillaient dans l'obscurité deux yeux éclatants et un poignard.

La princesse considéra quelques minutes avec attention ce tableau, et demanda enfin au diplomate de lui en expliquer le sujet.

Le diplomate tira son lorgnon de derrière sa cravate, le dirigea en clignant des yeux vers divers détails de la toile obscure et conclut que ce devait être une copie de Rembrandt ou de Murillo.

« Au reste, ajouta-t-il, son propriétaire doit mieux savoir ce qu'elle représente.

— Je ne voudrais pas importuner de nouveau Grégoire Alexandrovitch de problèmes à résoudre, dit Vièra Dmitrievna en reportant ses regards sur le tableau.

— Le sujet en est très simple, dit Piétchorine sans attendre qu'on le lui demandât, cela représente une femme qui a délaissé et trompé son amant pour abuser plus commodément un riche et stupide vieillard. À cette minute elle semble demander à celui-ci quelque chose, et elle contient la rage de son amant par de menteuses promesses. Quand elle aura obtenu, à force d'artificieuses caresses, ce qu'elle désire, elle ira elle-même ouvrir la porte, et sera le froid témoin d'un meurtre.

— Ah, c'est effroyable ! s'écria la princesse.

— Peut-être me trompé-je en interprétant ainsi cette scène, reprit Piétchorine : mon explication est parfaitement arbitraire.

— Se peut-il que vous pensiez qu'une pareille perfidie peut habiter le cœur d'une femme ?

— Princesse, répondit sèchement Piétchorine, j'avais naguère la sottise de penser qu'on peut comprendre le cœur féminin. De récentes expériences m'ont convaincu du contraire, et c'est pourquoi je ne puis décidément répondre à votre question. »

La princesse rougit, le diplomate tourna vers elle un regard interrogatif et se mit à tracer des figures avec sa fourchette sur le fond de son assiette. La dame en béret cramoisi était comme sur des épingles en entendant de pareilles horreurs, et s'efforçait d'écarter sa chaise de celle de Piétchorine, et le monsieur roux aux décorations sourit d'un air entendu et avala trois truffes d'un coup.

Pendant le reste du repas, le diplomate et Piétchorine gardèrent le silence, la princesse entra en conversation avec la vieille dame, la vertu fut en chaude discussion avec sa voisine de droite, le monsieur roux mangea.

Au dessert, quand on servit le champagne, Piétchorine, levant sa coupe, s'adressa à la princesse.

« Comme je n'ai pas eu le bonheur d'être à votre mariage, permettez-moi de vous féliciter maintenant. »

Elle le regarda avec étonnement et ne répondit rien. Une souffrance secrète se lisait sur son visage si changeant, sa main, qui tenait un verre d'eau, tremblait... Tout cela, Piétchorine le voyait, et quelque chose comme un repentir s'insinuait en lui : pourquoi la tourmentait-il ? À quelle fin ? À quoi pouvait lui servir une vengeance aussi mesquine ?... Il ne parvenait pas à s'en rendre exactement compte.

Bientôt, dans un bruit de chaises, on se leva de table et l'on passa dans les pièces de réception... Des laquais présentèrent le café sur des plateaux d'argent. Certains hommes, qui n'étaient pas joueurs de whist, et parmi eux le prince Étienne Stièpanytch, allèrent dans le cabinet de travail de Piétchorine fumer la pipe, et la princesse, prétextant que ses boucles étaient défaites, se retira dans la chambre de Varinka.

Elle referma la porte et se jeta dans un large fauteuil : un sentiment indéfinissable lui oppressait la poitrine, des larmes perlèrent à ses cils, coulèrent de plus en plus pressées sur ses joues enflammées, et elle pleura, elle pleura amèrement, jusqu'au moment où elle s'avisa qu'il serait gênant de reparaître au salon avec des yeux rougis. Elle se leva, s'approcha d'une glace, se sécha les yeux, se frotta les tempes d'eau de Cologne et de parfums qui se trouvaient dans des flacons à facettes diversement colorés sur la table de toilette. Des sanglots soulevaient encore par instants sa poitrine, mais ce n'étaient que les dernières vagues oubliées par l'ouragan sur une mer apaisée.

De quoi pleurait-elle ? me demandez-vous, et moi je vous demanderai : De quoi les femmes ne pleurent-elles pas ? Les larmes sont leur arme offensive et défensive. Le dépit, la joie, la haine impuissante, l'amour impuissant, ont chez elles une seule et même expression : Vièra Dmitrievna était elle-même incapable de discerner lequel de ces sentiments était la cause principale de ses larmes. Les paroles de Piétchorine l'avaient profondément blessée mais, chose étrange, elle ne le prenait pas en haine pour autant. Peut-être, si dans les reproches qu'il lui faisait avait percé le regret du passé, le désir de lui plaire de nouveau, aurait-elle été capable de lui répondre par la mordante raillerie et l'indifférence ; mais il semblait que seul fût en lui blessé l'amour-propre, et non pas le cœur, la partie la plus faible de l'homme, comme le talon d'Achille, qui dans cette bataille restait hors d'atteinte des traits qu'elle lui lançait. Piétchorine semblait défier orgueilleusement sa haine ; pour savoir si elle serait d'aussi peu de durée que son amour, — et il avait atteint son but. Les sentiments de Vièra étaient profondément remués, ses pensées se troublaient, la première impression avait été forte ; or de la première impression dépendait tout le reste : il le savait, et savait aussi que la haine même est plus proche de l'amour que l'indifférence.

La princesse se préparait à revenir au salon, quand soudain la porte grinça légèrement, et entra Varinka.

« Je te cherchais, **chère amie*, s'écria-t-elle, tu es souffrante, on dirait... »

Vièra Dmitrievna fit un pâle sourire et dit :

« J'ai mal à la tête, il fait si chaud là-bas...

— Je t'ai regardée souvent à table, reprit Varinka, tu es restée tout le temps silencieuse, je m'en suis voulu de n'avoir pas pris place près de toi, peut-être te serais-tu moins ennuyée.

— Je ne me suis pas ennuyée du tout, répondit la princesse avec un sourire amer, Grégoire Alexandrovitch a été très aimable.

— Écoute, mon ange, je ne veux pas que tu appelles mon frère Grégoire Alexandrovitch : Grégoire Alexandrovitch, cela fait tellement pompeux, comme si vous ne vous connaissiez que depuis hier. Pourquoi ne pas l'appeler simplement Georges, comme avant, il est si bon...

— Oh, cette qualité-là, je ne la remarque pas en lui maintenant, il vient de me dire des choses qu'une autre ne lui pardonnerait jamais. »

Vièra Dmitrievna sentit qu'elle en avait trop dit, mais elle se tranquillisa en se disant que Varinka était une fillette étourdie, qui n'aurait pas fait attention à ses derniers mots ou qui les oublierait vite. Vièra Dmitrievna était, pour son malheur, une de ces femmes qui sont d'ordinaire plus prudentes et plus discrètes que d'autres, mais qui dans les minutes de passion se trahissent.

Ayant refait ses boucles devant la glace, elle prit le bras de Varinka, et toutes deux retournèrent au salon. Quant à nous, nous irons dans le cabinet de travail de Piétchorine, où s'étaient réunis plusieurs jeunes hommes et où le prince Étienne Stièpanytch, le cigare entre les dents, essayait vainement de se mêler à leur conversation. Il ne connaissait pas une seule actrice pétersbourgeoise, il ne possédait les clés d'aucune intrigue de la ville et, venant d'une autre ville, il n'avait pas une seule nouveauté à rapporter. Marié à une femme jeune, il s'efforçait de paraître jeune en dépit de dents artificielles et de quelques rides. Durant toute sa jeunesse cet homme ne s'était passionné de rien : ni des femmes, ni du vin, ni des cartes, ni des honneurs, et avec tout cela, pour faire comme ses camarades et amis, il s'enivrait très souvent, il s'était amouraché deux ou trois fois pour faire plaisir à des femmes qui voulaient lui plaire, il avait une fois perdu trente mille roubles au jeu quand il était à la mode de perdre, il avait compromis sa santé au service pour être agréable à ses supérieurs. Égoïste au plus haut point, il avait néanmoins toujours eu la réputation d'un bon garçon prêt à toutes les complaisances, et s'il s'était marié, c'était parce que toute sa famille le désirait. Il était maintenant assis devant la cheminée, fumant un cigare et achevant de boire son café, et il écoutait attentivement la conversation de deux jeunes gens debout devant lui. L'un des deux était l'officier d'artillerie Branitski, l'autre était un civil. Ce dernier était un des personnages caractéristiques de la société pétersbourgeoise.

Il était de haute taille, et si maigre que son frac de coupe anglaise pendait à ses épaules comme à un portemanteau. Une raide cravate de satin soutenait son menton anguleux. Sa bouche sans lèvres ressemblait à une fente pratiquée au canif dans un masque de carton ; ses joues creuses et basanées étaient parsemées de minuscules cavités, suites d'une mauvaise variole. Son nez était droit, d'une grosseur uniforme sur toute sa longueur, et l'extrémité inférieure en était comme tranchée au couteau ; les yeux, gris et petits, avaient une expression insolente, les sourcils étaient épais, le front étroit et haut, les cheveux noirs et coupés en brosse, la cravate laissait deviner une barbe **à la saint-simonienne.*

Il connaissait tout le monde, servait dans quelque administration, voyageait en missions spéciales, recevait un grade à son retour, fréquentait la société moyenne et parlait de ses relations avec le grand monde, courtisait les filles à marier fortunées, présentait des quantités de projets, vendait des actions de toutes sortes, proposait à tout le monde de souscrire à diverses éditions, connaissait tous les hommes de lettres et publicistes, s'attribuait une quantité d'articles anonymes dans les revues, publiait une brochure que personne ne lisait, était à l'entendre submergé d'une masse d'affaires et passait toute la matinée sur la perspective Nievski. Pour compléter le portrait, je dirai qu'il portait un nom petit-russien, bien qu'au lieu de Gorchenko il se fît appeler Gorchenkov.

« Pourquoi ne venez-vous jamais me voir ? lui demandait Branitski.

— Vous ne sauriez croire comme je suis occupé, répondit Gorchenko. Demain, tenez, je dois faire personnellement rapport au ministre ; ensuite il faut aller à un comité, du travail en masse, à ne savoir comment s'en tirer, j'ai encore à écrire un article pour une revue, puis je dois aller dîner chez le prince N., chaque jour un bal, tenez, maintenant encore chez la comtesse F... Il faut en prendre son parti, je vais encore sacrifier cet hiver, mais l'été prochain je m'enferme dans mon cabinet, je m'entoure de papiers et je ne sors que pour aller chez les vieux amis. »

Branitski sourit et s'éloigna en sifflotant un air de *Fenella*.

Le prince, tout occupé en pensée à ses affaires, se dit qu'il ne serait pas mauvais de faire connaissance avec un homme qui connaissait tout le monde et faisait personnellement rapport au ministre. Il engagea avec lui une conversation sur la politique, sur l'administration, puis sur sa propre affaire, un litige avec le Trésor au sujet de vingt mille hectares de forêt. Finalement le prince demanda à Gorchenko s'il ne connaissait pas un certain Krasinski, fonctionnaire au bureau où était traitée son affaire.

« Oui-oui, répondit Gorchenko, je le connais, je l'ai rencontré, mais il ne peut rien faire, adressez-vous à des gens qui ont davantage de poids, je connais ce genre d'affaires, on a souvent voulu m'en donner la charge, mais j'ai toujours refusé. »

Cette réponse laissa sans voix le prince Étienne Stièpanytch. Il lui sembla avoir devant lui, en la personne de Gorchenko, tout le conseil des ministres.

Piétchorine, qui avait entendu la conversation, demanda au prince de quel département dépendait son affaire et promit de trouver Krasinski et de le lui amener. Étienne Stièpanytch, enchanté de son amabilité, lui serra la main et l'invita à venir le voir chaque fois qu'il n'aurait rien à faire.

CHAPITRE VII

Le lendemain Piétchorine fut à son service, passa la nuit au poste de garde et fut relevé à midi. Le temps de se changer, une heure passa encore. Quand il arriva au ministère où travaillait le fonctionnaire Krasinski, on lui dit que celui-ci était parti ; Piétchorine prit son adresse et se rendit au pont Oboukhov. S'arrêtant à la porte cochère d'un énorme immeuble, il appela le *dvornik* et lui demanda si c'était bien là qu'habitait M. Krasinski, fonctionnaire.

« Oui, monsieur, au numéro quarante-neuf, lui fut-il répondu.

— Et où est l'entrée ?

— Sur la cour, monsieur. »

Numéro quarante-neuf, et entrée sur la cour ! — ces mots terribles ne peuvent être compris de qui n'a pas passé au moins la moitié de sa vie à chercher tels ou tels fonctionnaires ; le numéro quarante-neuf est un nombre ténébreux et mystérieux comme le chiffre 666 de l'Apocalypse. Vous franchissez d'abord une cour étroite et anguleuse, dans la neige profonde ou la boue liquide ; de hautes pyramides de bois de chauffage menacent à chaque instant de vous écraser dans leur chute, une lourde odeur, aigre, repoussante, vous empoisonne la respiration, des chiens grondent à votre apparition, de pâles visages, qui gardent les stigmates effrayants de la misère ou de la débauche, vous guettent à travers les étroites fenêtres du rez-de-chaussée. Enfin, après de multiples demandes, vous trouvez l'entrée indiquée, étroite et sombre comme la porte du Purgatoire ; glissant sur le seuil, vous vous rattrapez deux marches plus bas les pieds dans une flaque d'eau qui croupit sur le sol de pierre, puis vous découvrez d'une main tâtonnante la rampe d'un escalier et vous commencez à le gravir. Arrivé au premier étage et arrêté sur un palier rectangulaire, vous voyez plusieurs portes autour de vous, mais hélas, aucune ne porte de numéro ; vous frappez ou sonnez au hasard, et d'ordinaire apparaît une cuisinière tenant une chandelle de suif, et derrière elle retentissent des jurons ou des pleurs d'enfants.

« Vous désirez ?

— Le numéro quarante-neuf.

— C'est pas ici.

— Qui donc habite ici ? »

La réponse est habituellement ou quelque nom barbare, ou un : « Qu'est-ce que ça peut vous faire, voyez plus haut », et on vous claque la porte au nez. À toutes les autres portes la même scène se répète sous différentes variantes, et plus vous montez, pire c'est. Un sophiste qui le constaterait pourrait en conclure que l'homme, en s'approchant du ciel, est comme la plante, qui en haute montagne perd sa couleur et sa force.

Après une bonne heure de tribulations, vous trouvez enfin la porte tant cherchée, le numéro quarante-neuf ou tout autre également mystérieux, si du moins le *dvornik* n'était pas ivre et a compris votre question, s'il n'y a pas deux fonctionnaires du même nom dans l'immeuble, si vous ne vous êtes pas trompé d'escalier, etc. Piétchorine subit toutes ces épreuves et enfin, péniblement parvenu au quatrième étage, il frappa à une porte ; une cuisinière lui ouvrit, il posa la question habituelle et on lui répondit : « C'est ici. » Il entra, quitta son manteau dans la cuisine et voulut pénétrer plus avant, quand la cuisinière l'arrêta et lui dit que M. Krasinski n'était pas encore rentré du ministère. « J'attendrai », répondit-il, et il entra. La cuisinière le suivait et l'examinait d'un air étonné. Le plumet blanc et le bel uniforme de cavalerie étaient visiblement une apparition inaccoutumée au quatrième étage. Quand Piétchorine entra au salon, si l'on peut ainsi nommer une pièce carrée, meublée d'une seule table couverte d'une toile cirée et entourée d'un vieux divan et de trois chaises, une vieille femme, petite et proprette, se leva de son fauteuil et répéta la question de la cuisinière.

« Je cherche M. Krasinski, peut-être me suis-je trompé…

— C'est mon fils, répondit la vieille femme, il va bientôt arriver.

— Si vous me permettez de l'attendre…, reprit Piétchorine.

— Je vous en prie », interrompit la vieille femme, et elle se hâta d'avancer une chaise.

Piétchorine s'assit. Parcourant du regard la chambre et tout ce qui s'y trouvait, il se sentit mal à l'aise : il eût été moins emprunté si le sort l'avait jeté inopinément dans le palais du Shah de Perse.

On pouvait, au premier regard, donner à la vieille dame une soixantaine d'années, bien qu'elle fût en réalité plus jeune ; mais des chagrins précoces avaient courbé sa taille, desséché sa peau devenue d'une teinte de vieux parchemin. Des veines bleuâtres sinuaient sous la peau transparente de ses mains, son visage était ridé, toutes ses forces vitales semblaient concentrées dans ses petits yeux, où brillait une extraordinaire bienveillance et une inébranlable sérénité. Piétchorine, ne sachant comment engager la conversation, se mit à feuilleter un livre qui se trouvait sur la table ; il ne pensait nullement au contenu, mais le titre assez bizarre attira son attention : « *Le Moyen le plus facile d'être toujours riche et heureux*, par N. P…, Moscou, imprimerie Glazounov, prix 25 kopeks. » Un sourire parut sur le visage de Piétchorine ; tel un billet de loterie perdant, ce livre témoignait crûment de rêveries déçues, d'espoirs irréalisables, de vains efforts pour imaginer sous un meilleur jour une pénible réalité. La vieille dame remarqua son sourire et dit :

« J'avais vu une annonce dans les journaux et j'ai demandé à mon fils de me procurer ce livre, mais il est bien vide.

— Je crois, répondit Piétchorine, qu'il n'est pas de livre qui puisse apprendre à être heureux. Oh, si le bonheur était une science, ce serait autre chose !

— Bien sûr, répliqua la vieille dame, celui qui se noie s'accroche à un fétu… Nous n'avons pas toujours été dans notre situation actuelle. Mon mari était un gentilhomme polonais, il servait dans l'administration russe, par suite d'un long procès il a perdu une grande partie de ses biens, et ce qu'il en restait a été pillé lors de la dernière guerre, mais j'espère que bientôt tout s'arrangera mieux. Mon fils — poursuivit-elle non sans fierté — a maintenant une très belle place et un bon traitement. »

Après une minute de silence elle demanda :

« Vous voulez sans doute voir mon fils pour quelque affaire ? Peut-être vous ennuie-t-il d'attendre, alors voudriez-vous me dire de quoi il s'agit, je lui ferai la commission.

— Je suis envoyé, répondit Piétchorine, par le prince Ligovskoï pour demander à votre fils d'avoir l'obligeance de passer le voir ; le prince a un litige qui doit maintenant être en instance au bureau de M. Krasinski. Je vous demanderai de lui transmettre l'adresse du prince. Je vous serai extrêmement obligé de prier votre fils de bien vouloir passer chez lui, mettons demain soir. J'y serai. »

Piétchorine écrivit l'adresse, puis s'inclina et se dirigea vers la porte. À ce moment celle-ci s'ouvrit, et il se trouva face à face avec un homme de haute taille ; tous deux levèrent la tête, ils se regardèrent et tous deux reculèrent d'un pas. L'hostilité se marqua sur les deux visages, l'étonnement leur ferma la bouche ; enfin Piétchorine, pour dénouer cette étrange situation, dit, chuchotant presque :

« Cher monsieur, veuillez noter que j'ignorais que vous étiez M. Krasinski, sinon je n'aurais pas eu l'heur de vous rencontrer ici. Madame votre mère vous expliquera le motif de ma visite. »

Ils se séparèrent sans se saluer. Piétchorine rentra chez lui. Ce jeu fortuit du destin l'avait fortement impressionné : il avait reconnu en Krasinski ce fonctionnaire même que quelques jours auparavant il avait failli écraser et avec lequel il avait eu une « histoire » au théâtre.

Cependant Krasinski, non moins frappé de la rencontre, prit un fauteuil devant sa mère et, le menton sur la main, se plongea dans une profonde réflexion. Quand sa mère lui fit part de ce que lui avait dit Piétchorine, s'efforçant de lui montrer quel avantage il aurait à prendre en main l'affaire d'un prince, et quand elle lui dit son étonnement que Piétchorine ne se fût pas expliqué lui-même, Krasinski bondit soudain de son fauteuil, le visage éclairé d'une idée lumineuse, et il s'écria en frappant du poing la table : « Eh bien, oui, j'irai chez ce prince ! » Puis il se mit à arpenter la pièce à pas égaux, lâchant de temps en temps des exclamations sans suite. La vieille dame, apparemment accoutumée à d'aussi singulières réactions, le regardait sans étonnement. Enfin il se rassit, poussa un soupir et regarda sa mère avec l'air de vouloir simplement commencer un entretien ; c'est ce qu'elle devina.

« Alors, Stanislas, dit-elle, vas-tu bientôt avoir une gratification ? Il ne nous reste pas beaucoup d'argent.

— Je ne sais pas, répondit-il brièvement.

— Tu n'as sans doute pas su complaire au chef de section, reprit-elle ; eh bien, tant pis si tu lui tires les marrons du feu, ton temps viendra aussi, et en attendant, si tu ne demandes rien aux gens, Dieu ne te demandera pas de comptes non plus. »

Un sentiment d'amertume se marqua sur le beau visage de Stanislas ; il répondit d'une voix sourde :

« Maman, vous voulez que je sacrifie pour vous jusqu'à ma dignité ; mon Dieu, après tous les sacrifices que je vous ai faits, ce ne sera qu'une goutte dans la mer. »

Elle leva sur lui des yeux pleins de larmes, et le silence se fit de nouveau. Stanislas se mit à feuilleter le livre qui était sur la table, et dit soudain, sans quitter des yeux le paragraphe où l'auteur anonyme démontrait que l'amitié est la clé du vrai bonheur :

« Savez-vous, maman, qui est cet officier qui était ici tout à l'heure ?

— Non, qui est-il ?

— Mon ennemi mortel », répondit-il.

Le visage de la vieille dame pâlit autant qu'il pouvait pâlir, elle joignit les mains et s'écria :

« Mon Dieu, que veut-il donc de toi ?

— Il ne me veut probablement pas de mal, mais moi j'ai une puissante raison de le haïr. N'avez-vous pas senti, quand il était assis ici devant vous, étincelant de ses épaulettes d'or, caressant son plumet blanc, n'avez-vous pas senti, n'avez-vous pas deviné au premier regard, que je dois nécessairement le haïr ? Oh, croyez-moi, nous nous rencontrerons encore plus d'une fois, lui et moi, sur la route de la vie, et nous ne nous rencontrerons pas aussi froidement que tout à l'heure. Oui, j'irai chez ce prince, je ne sais quel pressentiment secret me murmure de me soumettre aux indications du destin. »

Vains furent tous les efforts de la mère effrayée pour connaître la raison d'une si profonde haine. Stanislas ne voulut rien raconter, comme s'il eût craint que cette raison ne parût trop insignifiante à la vieille dame. Comme tous les gens passionnés et obstinés, possédés d'une unique et constante pensée, il fuyait plus que tout autre obstacle les exhortations de la raison qui auraient pu le détourner du but qu'il se fixait.

Le lendemain il mit son meilleur habit. Toute la matinée, attentivement, sans doute pour la première fois de sa vie, il observa de la tête aux pieds les jeunes élégants du ministère, pour apprendre à nouer sa cravate et se souvenir du nombre de boutons qu'il convient de boutonner à son gilet ; et il sacrifia un quart de rouble chez Faguet, qui sans pitié dressa ses cheveux souples et ondulés en un raide et disgracieux toupet ; et le soir, quand sept heures sonnèrent, Krasinski se rendit rue de la Mer, plein de troubles espoirs et appréhensions…

CHAPITRE VIII

Le prince Ligovskoï avait chez lui des invités de sa parenté quand Krasinski se présenta dans son antichambre.

« Le prince reçoit ? demanda-t-il en portant des regards indécis d'un laquais à un autre.

— On n'est pas d'ici, nous, répondit l'un d'eux sans même se lever de la pelisse de son maître sur laquelle il était assis.

— Ne pourrais-tu, mon bon, appeler le suisse ?

— Il va sûrement venir, répondit l'autre, nous, on peut pas. »

Enfin le suisse apparut.

« Le prince Ligovskoï est chez lui ?

— À vos ordres, monsieur.

— Annonce-lui Krasinski... il sait qui je suis. »

Le suisse se rendit au salon et, s'approchant du prince Étienne Stièpanytch, lui dit à voix basse :

« M. Krasinski... il vient d'arriver, il dit que Monsieur le connaît.

— Quel Krasinski ? Qu'est-ce que tu racontes ? » s'écria le prince en fronçant gravement les sourcils.

Piétchorine, entendant ces mots, se hâta au secours du suisse confus.

« C'est ce fonctionnaire, dit-il, entre les mains de qui est votre affaire… je suis passé chez lui hier.

— Ah ! très obligé », répondit Étienne Stièpanytch.

Il alla dans son cabinet et y fit introduire le visiteur.

Nous n'allons pas écouter leur ennuyeux débat sur une affaire embrouillée, et nous resterons au salon : deux vieilles dames, un certain chambellan et un jeune homme d'aspect ordinaire faisaient un whist ; la princesse Vièra et une autre jeune dame occupaient un canapé devant la cheminée et écoutaient Piétchorine qui, ayant approché son fauteuil de la cheminée où rougeoyaient des restes de charbon, leur racontait une de ses aventures de la campagne de Pologne. Quand Étienne Stièpanytch fut sorti, il prit sa place pour se trouver plus près de la princesse.

« Vous disiez donc qu'on vous avait envoyé avec votre peloton dans ce village…, dit la jeune dame, que Vièra appelait cousine, renouant la conversation interrompue.

— Et, naturellement, je m'y rendis, bien que la nuit fût noire et pluvieuse, dit Piétchorine. J'avais ordre de chercher des armes s'il s'en trouvait chez le *pan*[1], de les confisquer et de l'expédier lui-même au quartier général... Je venais tout juste d'être promu cornette et c'était ma première mission. À l'aube, nous vîmes devant nous un village avec une demeure seigneuriale de pierre, et non loin mes hussards interpellèrent un paysan et me l'amenèrent. Ses indications sur le nom du seigneur et le nombre des habitants correspondaient à ce que mentionnaient mes instructions.

« "Et votre seigneur a-t-il une femme ou des filles ? demandai-je.

« — Oui, seigneur capitaine.

« — Et comment s'appelle-t-elle, la femme de votre comte Ostrojski ?

« — La comtesse Roza."

« "Ce doit être une beauté[2]", me dis-je en faisant la grimace.

« "Et les filles sont aussi des roses comme leur maman ?

« — Non, seigneur capitaine, l'aînée s'appelle Amélie et la cadette Éveline. »

« "Cela ne prouve encore rien", pensai-je. Cette comtesse Rose me tourmentait, je poursuivis l'interrogatoire :

« "Et la comtesse Rose, elle, est-elle âgée ?

« — *Ni, panie*[3], elle n'a que trente-trois ans.

1. « Seigneur » ou « monsieur » en polonais.

2. Le prénom polonais Roza (prononciation : *roja*) est homonyme du mot russe qui signifie « gueule, museau, mufle ».

3. « Non, monsieur ».

« — Pas de chance !”

« Nous entrâmes au village et fûmes bientôt à la porte du château. Je fis mettre pied à terre à mes hommes et, avec un sous-officier, je pénétrai dans la demeure. Tout était désert. Ayant traversé plusieurs pièces, je rencontrai le comte lui-même, tremblant et pâle comme un linge. Je lui fis connaître l'objet de ma mission ; il m'assura, naturellement, qu'il n'y avait pas d'armes chez lui, me remit les clefs de toutes ses dépendances et, de plus, m'offrit de me restaurer. Après le deuxième verre de xérès, le comte me demanda la permission de me présenter son épouse et ses filles.

« “Je vous en prie, répondis-je, ne faites pas de cérémonies.” J'avais peur, pour tout vous dire, que cette Roza ne me coupât l'appétit, mais le comte insista, et il était visible qu'il comptait beaucoup sur la puissante impression que ferait sa Roza. Je le priais encore de n'en rien faire, quand tout à coup la porte s'ouvrit et entra une femme de haute taille, superbe, en robe noire. Imaginez une Polonaise, et une belle Polonaise, au moment où elle veut ensorceler un officier russe. C'était en personne la comtesse Rosalie, ou Roza, *Roja* selon la prononciation populaire. »

Ce jeu de mots du hasard amusa beaucoup les deux dames. Elles riaient.

« Je devine que vous vous êtes épris de cette *Roja*, s'écria enfin la jeune dame que la princesse Vièra appelait cousine.

— C'est ce qui serait arrivé, répondit Piétchorine, si je n'en avais déjà aimé une autre.

— Oho ! de la constance ! dit la jeune dame. Savez-vous que c'est une vertu dont on ne se vante pas ?

— Chez moi ce n'est pas une vertu, mais une maladie chronique.

— Mais vous vous en êtes guéri ?

— Du moins je me soigne », répondit Piétchorine.

La princesse lui jeta un rapide regard, son visage exprima quelque chose comme de l'étonnement et de la joie... puis se fit soudain triste. Cette rapide succession de sentiments n'échappa pas à l'attention de Piétchorine ; il parla d'autre chose, l'anecdote resta inachevée et fut bientôt oubliée au milieu d'une conversation animée et sans contrainte. Enfin on servit le thé, et le prince entra, suivi de Krasinski qu'il présenta à sa femme et pria de prendre un siège. Les regards du petit cercle se tournèrent vers le nouveau venu, et il se fit un silence. Si le prince avait été un habitant de Pétersbourg, il aurait offert à Krasinski un déjeuner de cinq cents roubles. Au besoin, il l'aurait même invité chez lui à un bal ou à un bruyant raout, dans une cohue d'invités de toutes sortes ; mais à aucun prix il n'aurait tout bonnement introduit dans son salon un inconnu, un quidam n'ayant aucun rapport avec la haute société ; mais le prince avait été élevé à Moscou, et Moscou est une vieille dame hospitalière. La princesse, par politesse, adressa à Krasinski quelques questions, il répondit simplement et brièvement.

« Nous sommes très reconnaissants, dit-elle enfin, à M. Piétchorine de nous avoir donné l'occasion de faire votre connaissance. »

À ces mots, Piétchorine et Krasinski échangèrent involontairement un regard, et le second répondit aussitôt :

« Je dois être encore plus que vous reconnaissant à M. Piétchorine de cet inestimable avantage. »

Un sourire courut sur les lèvres de Piétchorine, un sourire qui pouvait s'interpréter ainsi : « Oho, notre fonctionnaire se lance dans les amabilités. » Krasinski comprit-il ce sourire, ou bien fut-il effrayé lui-même de son audace — car c'était vraisemblablement le premier compliment qu'il adressait à une femme d'un rang social si supérieur au sien —, je l'ignore, mais il rougit et poursuivit d'une voix mal assurée :

« Croyez bien, princesse, que je n'oublierai jamais les agréables minutes que vous m'avez permis de passer en votre compagnie. Je vous prie de n'en pas douter : je ferai tout ce qui dépendra de moi... aussi bien votre cause est-elle seulement embrouillée, mais parfaitement juste...

— Dites-moi, lui demanda la princesse avec cet air d'intérêt qui ressemble tellement à l'ordinaire politesse quand on ne sait que dire à un inconnu, — dites-moi, vous devez être terriblement accablé d'affaires... j'imagine cet ennui :

du matin au soir écrire et lire de longs et fastidieux mémoires... ce doit être insupportable. Le croiriez-vous, mon mari, tous les jours et à longueur d'année, m'explique et me commente notre affaire, — et je n'y comprends toujours rien. »

"Voilà un époux gentil et intéressant", pensa Piétchorine...

« Mais à quoi bon, princesse, répondit Krasinski, à vous les divertissements, le luxe, à nous le labeur et les soucis, et c'est bien ainsi ; qui d'autre que nous devrait se donner de la peine ! »

Ce sujet d'entretien s'épuisa lui aussi ; Krasinski se leva, s'inclina... Quand il fut sorti, la cousine de la princesse fit observer qu'il n'était nullement aussi gauche qu'on aurait pu l'attendre d'un fonctionnaire, et qu'il ne s'exprimait pas mal du tout. La princesse ajouta : *« *Et savez-vous, ma chère, qu'il est très bien...* » Piétchorine, à ces mots, se mit à vanter outrancièrement l'aisance et la beauté de l'homme, assurant qu'il n'avait jamais vu de si beaux yeux bleu sombre à un seul fonctionnaire et que Krasinski, à en juger par la profondeur de ses reparties, deviendrait certainement un grand homme d'État, pourvu qu'il ne restât pas éternellement conseiller titulaire[1]... « Il faut absolument que je sache, ajouta-t-il avec le plus grand sérieux, s'il a un diplôme universitaire ! »

1. C'est-à-dire modeste et banal « rond-de-cuir ».

Il réussit à faire rire les deux dames et à détourner la conversation sur d'autres sujets ; néanmoins, la réflexion de la princesse se grava profondément dans sa mémoire : il y avait senti un reproche, occasionnel sans doute mais non moins mordant pour autant. Lui-même avait été d'abord frappé par la noble beauté du visage de Krasinski, mais à entendre celle qui attirait toutes ses pensées et ses espérances marquer une attention particulière pour cette beauté... il avait compris qu'elle faisait malgré elle une comparaison écrasante pour lui, et il lui avait presque semblé qu'il la perdait une seconde fois pour jamais. Et dès cet instant, à son tour, il prit en haine Krasinski. Il faut avouer, si triste que ce soit, que le plus pur amour est pour moitié mêlé d'amour-propre.

Très sensible lui-même à la beauté physique, et doué d'une intelligence aiguë et pénétrante, Piétchorine était capable de se regarder impartialement et, comme le font d'ordinaire les hommes d'imagination ardente, il se grossissait ses imperfections. Ayant appris d'expérience comme il est difficile de s'éprendre des seules qualités de l'âme, il était devenu méfiant et porté à mettre l'attention ou l'inclination des femmes au compte du calcul ou du hasard ; ce qui à un autre eût paru la preuve du plus tendre amour, il lui arrivait souvent de le dédaigner comme indices trompeurs, paroles en l'air, regards ou sourires jetés au vent pour le premier qui les voudra prendre. Un autre se serait découragé et aurait abandonné à ses rivaux le champ de bataille... mais la difficulté de la lutte stimule un caractère obstiné, et Piétchorine s'était fait un point d'honneur de rester victorieux : appliquant son système et s'armant d'une irritante affectation de sang-froid et de patience, il aurait déjoué les artifices de la plus experte coquette... Il n'ignorait pas cet axiome, que tôt ou tard les caractères faibles plient devant ceux qui sont forts et inflexibles, en vertu de quelque loi naturelle encore inexpliquée. On pouvait être sûr qu'il atteindrait son but... si la passion, la toute-puissante passion, ne venait pas, tel un ouragan, renverser d'une rafale les hauts échafaudages de sa raison et de son application... mais ce *si*, ce terrible *si* est presque pareil à celui d'Archimède, qui se faisait fort de soulever le globe terrestre si on lui donnait un point d'appui.

Une foule de pensées de toutes sortes assiégeait l'esprit de Piétchorine, si bien que vers la fin de la soirée il se fit distrait et taciturne. Le prince Étienne Stièpanytch racontait une longue histoire extraite de ses traditions de famille ; les dames bâillaient à la dérobée.

« Qui vous a rendu si morose ? demanda enfin la cousine de Vièra Dmitrievna.

— J'ai honte de l'avouer, répondit Piétchorine.

— Mais encore ?

— L'envie !

— Qui donc enviez-vous ?... Serait-ce ?...

— Serait-ce moi ? » demanda le prince avec un fin sourire et sans se douter de la gravité de sa question : il vint aussitôt à l'esprit de Piétchorine que la princesse avait dû raconter à son mari leurs amours d'autrefois, qu'elle s'en repentait comme d'un égarement d'enfants. S'il en était ainsi, tout était fini entre elle et lui, et Piétchorine pouvait être sans le savoir objet de raillerie pour les époux, ou victime d'une perfide conjuration. Je m'étonne que ce soupçon ne lui fût pas venu plus tôt, mais je vous assure que c'est précisément alors qu'il le conçut ; il se promit de tâcher de savoir si Viéra s'était confessée à son mari. Il répondit :

« Non, prince, pas vous, encore que chacun doive vous envier... mais j'avoue que je voudrais bien avoir l'heureux don de ce Krasinski, celui de plaire au premier regard...

— Croyez-moi, fit la princesse : qui plaît vite est vite oublié.

— Mon Dieu ! que n'oublie-t-on pas au monde !... et si l'on tient pour néant un succès d'une minute, où donc est le bonheur ?... On s'efforce vers un amour durable, vers une gloire durable, vers une richesse durable, et puis soudain... la mort, la maladie, le feu, l'inondation, la guerre, la paix, un rival, un changement de l'opinion publique — et tous vos efforts sont réduits à néant !... Quant à l'oubli... l'oubli est également inexorable aux minutes et aux siècles. Si l'on me demandait de choisir entre une minute de pleine félicité et des années de bonheur ambigu… je préférerais concentrer tous mes sentiments et ma passion sur un moment de divin bonheur, et souffrir ensuite tant qu'on voudrait, plutôt que de les faire durer indéfiniment et de les placer un à un dans les intervalles de l'ennui ou du chagrin.

— Je suis entièrement d'accord avec vous, sauf quand vous dites que tout s'oublie au monde… Il est des choses qu'on ne peut oublier… surtout les douleurs », dit la princesse.

Son beau visage prit une sorte d'air mi-froid mi-triste, et quelque chose de semblable à une larme brilla le long de ses longs cils, comme une goutte de pluie laissée par l'orage sur une feuille de tremble et qui glisse en frémissant sur ses bords, jusqu'à ce qu'une nouvelle rafale de vent l'emporte… Dieu sait où.

Piétchorine jeta vers elle un coup d'œil étonné… mais hélas ! il ne pouvait pas s'expliquer cet étrange accès de tristesse ! Il y avait si longtemps qu'il était séparé d'elle, et qu'il ne connaissait pas un seul détail de sa vie !… N'était-il pas vraisemblable même que les sentiments qu'elle éprouvait à cette minute ne se rapportaient nullement à lui ? Que d'adorateurs elle avait pu avoir depuis qu'il était parti pour l'armée ! Peut-être était-ce l'un d'eux qui l'avait trahie : comment savoir !…

Qui saurait expliquer, qui peut interpréter
Le langage ambigu des yeux…

Quand il se leva pour partir, la princesse lui demanda s'il serait le surlendemain au bal de la baronne R..., sa parente... « Je suis ennuyée que la baronne nous ait invités avec tant d'insistance, ajouta-t-elle ; je ne connais presque personne de la société d'ici, et je suis sûre que j'y trouverai le temps long... »

Piétchorine répondit qu'il n'avait pas encore reçu d'invitation...

“Je comprends maintenant, se dit-il en montant dans son traîneau : elle a envie d'avoir pour cavalier à ce bal quelqu'un qu'elle connaît... Dieu veuille que je n'y sois pas invité : Liza Niègourov y sera sûrement... Ah ! mon Dieu, oui, il me semble bien que Vièra et elle se connaissent depuis longtemps... Oh ! mais si elle ose...” À ce moment son traîneau fit halte, et ses pensées aussi. En entrant dans son cabinet, il trouva sur sa table le carton d'invitation de la baronne.

CHAPITRE IX

La baronne R... était russe, mais mariée à un baron courlandais qui, on ne sait comment, était devenu immensément riche. Elle habitait la rue Millionnaïa, au centre même de la haute société. À partir de onze heures du soir, les coupés arrivèrent l'un après l'autre à l'entrée brillamment éclairée de son hôtel. Des deux côtés du perron, sur le trottoir, les passants se pressaient, arrêtés par la curiosité et par le risque de se faire écraser. Krasinski était du nombre : serré contre le mur, il regardait avec envie d'importants personnages décorés que de grands laquais aidaient précautionneusement à descendre de voiture, des jeunes gens qui sautaient négligemment de leur traîneau sur les marches de granit, et les pensées se pressaient en foule dans sa tête. « En quoi suis-je moins bien qu'eux ? se disait-il ; ces visages blêmes, exténués, déformés par de mesquines passions, c'est donc eux qui plaisent à des femmes qui ont le droit et la possibilité de choisir ? L'argent, l'argent et rien que l'argent… qu'ont-ils besoin de beauté, d'esprit et de cœur ? Oh, je serai riche, absolument, à tout prix, et alors j'obligerai cette société à me rendre justice ! »

Pauvre fonctionnaire innocent ! Il ne savait pas que pour cette société-là, outre un tas d'or, il faut un nom, un nom orné de souvenirs historiques (quels qu'ils soient), un nom au moins assez connu des antichambres pour que le suisse ne le mutile pas, et pour qu'en l'entendant prononcer quelque importante dame, souveraine et arbitre des salons, demande : « Qui est-ce ? N'est-il pas parent du prince V… ou du comte K… ? »

Donc Krasinski était debout près de l'entrée, enveloppé dans son manteau. Un coupé approcha, une dame en sortit : à la lumière des lanternes des diamants scintillaient parmi ses boucles, derrière elle descendit un homme en pelisse de peau d'ours. C'était le prince Ligovskoï et la princesse. Krasinski sortit hâtivement de la foule des badauds, ôta son chapeau et s'inclina respectueusement, mais hélas ! ils ne le remarquèrent pas ou, plus probablement, ne le reconnurent pas. Et de fait, une femme qui l'avait vu en tout et pour tout une fois, et qui s'apprêtait à paraître devant le terrible tribunal de la meilleure société, et un homme déjà âgé accompagnant au bal une jolie femme, avaient certes autre chose en tête que la foule de curieux qui se gelait à les regarder passer ; mais Krasinski attribua à la morgue et à un dédain délibéré un fait des plus simple et fortuit ; et à partir de cet instant une secrète hostilité à la princesse s'insinua dans son cœur soupçonneux. « Soit, se dit-il en s'éloignant, notre tour viendra, et à bon chat, bon rat », — piteux dicton du ressentiment mesquin.

Cependant, dans le grand hall, la musique retentissait, et le bal commençait à s'animer. Il y avait là toute la crème de Pétersbourg : deux ambassadeurs avec leur suite exotique composée de gens qui parlaient très bien français (ce qui d'ailleurs n'a rien de merveilleux) et qui, de ce fait, éveillaient un profond intérêt parmi nos beautés ; plusieurs généraux et hommes d'État ; un lord anglais qui voyageait à des fins économiques, et qui par suite ne jugeait nécessaire ni de parler, ni de regarder, mais en revanche son épouse, une noble lady appartenant à la catégorie des *bluestockings*[1] et qui avait été naguère une terrible persécutrice de Byron, parlait pour quatre et regardait de quatre yeux, compte tenu des verres de son binocle, lesquels n'avaient pas moins d'expression que ses propres prunelles. Il y avait là encore cinq ou six de nos diplomates maison, qui n'avaient jamais été à leurs frais au-delà de Revel et qui affirmaient d'un ton sans réplique que la Russie est un État parfaitement européen et qu'ils la connaissaient de long en large, vu qu'ils étaient allés plusieurs fois à Tsarskoïè Sièlo et même à Pargolovo. Ils

1. « Bas-bleu »

regardaient orgueilleusement, du haut de leurs cravates empesées, les jeunes militaires, qui se livraient à leur plaisir avec une si visible insouciance et tant de légèreté, et ils étaient convaincus que ces gens, sanglés dans leur uniforme brodé d'or, n'étaient capables de rien en dehors des devoirs machinaux du service. On pouvait encore voir là quelques frais et roses jouvenceaux, militaires portant toupet ou civils coiffés **à la russe*, discrets comme des confidents de tragédie classique, présentés depuis peu au grand monde par quelque noble personne de leur parenté : n'ayant pas encore eu le temps de faire connaissance avec une grande partie des dames, et craignant, s'ils invitaient une inconnue à un quadrille ou à une mazurka, de recevoir un de ces effrayants regards de glace qui vous met le cœur à l'envers comme à un malade la vue d'une noire mixture, ils formaient une foule timide de spectateurs autour des brillants quadrilles et mangeaient des glaces, se bourraient de glaces. Quant aux cavaliers adonnés exclusivement à la danse, on pouvait les partager en deux catégories : les uns, consciencieux, ne ménageaient ni leurs jambes, ni leur langue, dansaient infatigablement, s'asseyaient sur le bord de leur chaise, le visage vers leur dame, souriaient et lançaient des œillades significatives à chaque mot, bref, faisaient on ne peut mieux leur devoir ; les autres, hommes d'âge moyen, vétérans émérites et chevronnés de la vie mondaine, glissaient négligemment sur le parquet, avec une grave dignité et une fière expression de physionomie, comme condescendant à faire une grâce à la maîtresse de maison, et ne parlaient qu'à la dame qui était leur **vis-à-vis* quand une figure la leur faisait rencontrer.

En revanche les dames... oh ! les dames étaient le véritable ornement de ce bal, comme de tous les bals possibles !... Que d'yeux étincelants et d'étincelants brillants, que de lèvres roses et de roses rubans... merveilles de la nature et merveilles du magasin de modes... ravissants petits pieds et souliers merveilleusement petits, épaules marmoréennes et fards français de première qualité, phrases sonores empruntées au roman à la mode, bijoux de location... je ne sais pas, mais à mon sens une femme dans un bal constitue avec sa toilette quelque chose de global, d'indivisible, de spécial : une femme au bal est tout autre chose qu'une femme dans son boudoir ; juger de l'âme et de l'intelligence d'une femme après avoir dansé avec elle une mazurka, c'est tout comme juger de l'opinion et des sentiments d'un journaliste après avoir lu un article de lui.

Près de la porte menant du grand hall au salon, étaient assises deux filles mûres, armées de face-à-main et causant avec deux ou trois jeunes gens qui ne dansaient pas. L'une d'elles était Élisabeth Nikolaïevna. Sa robe ponceau donnait à ses traits un peu plus de vie, et d'une façon générale sa toilette allait à son visage. Comptant sur cet avantage, elle répondit assez froidement au salut courtois de Piétchorine quand il vint à elle. (Il faut noter en passant qu'une dame mal habillée est ordinairement bien plus aimable et indulgente, — ce qui ne signifie d'ailleurs pas qu'elles doivent s'habiller mal.) Piétchorine se plaça auprès d'Élisabeth Nikolaïevna, attendant qu'elle engageât la conversation, et regarda distraitement les danseurs. Quelques minutes passèrent ainsi, et elle fut enfin obligée de rompre sur ses lèvres le cachet du silence.

« Pourquoi ne dansez-vous pas ? lui demanda-t-elle.

— Je suis toujours et partout votre exemple.

— Cela date donc d'aujourd'hui.

— Eh bien, mieux vaut tard que jamais. N'est-il pas vrai ?

— Il est parfois trop tard.

— Mon Dieu ! Quelle tragique expression ! »

Élisabeth Nikolaïevna fut sur le point de se froisser, mais elle se força à sourire et répondit :

« Depuis quelque temps j'ai cessé de m'étonner de votre conduite. À d'autres elle paraîtrait très impertinente, pour moi elle est naturelle. Oh, je vous connais bien maintenant !

— Et pourrait-on savoir qui vous a si habilement expliqué mon caractère ?

— Oh, c'est un secret », fit-elle en le regardant fixement et en serrant son éventail sur ses lèvres.

Il se pencha et lui dit à l'oreille avec une tendresse affectée :

« Il y a un secret de votre cœur que vous m'avez confié déjà depuis longtemps ; le second est-il plus grave que le premier ? »

Elle rougit, si incapable qu'elle fût de rougir, mais non de pudeur, ni de l'évocation du passé, ni de dépit : une joie involontaire, un secret espoir de ramener à elle l'admirateur inconstant, de l'épouser ou au moins de se venger, le temps aidant, à sa manière, en femme, traversèrent son cœur. Les femmes ne renoncent jamais à de tels espoirs lorsque se présente une possibilité d'atteindre le but, ni à de pareilles joies quand le but est atteint.

Prenant aussitôt un air sérieux, affligé, elle répondit lentement :

« Vous me rappelez des choses que je veux oublier.

— Mais que vous n'avez pas encore oubliées ? dit-il tendrement.

— Oh, n'insistez pas, je ne crois plus à rien, vous m'avez donné une telle leçon…

— Moi ? »

Il y avait dans ce *moi* plus d'étonnement que dans cinq points d'exclamation placés à la file. Puis Piétchorine se fit pensif.

« Oui, dit-il, je commence à comprendre : quelqu'un m'a calomnié auprès de vous, j'ai tellement d'ennemis et surtout d'amis, je comprends maintenant pourquoi l'autre jour, quand je suis passé chez vous, c'était le matin et je sais que vous aviez des visiteurs, mais on ne m'a pas reçu... Oh certes, je n'irai plus moi-même au-devant d'un tel affront.

— Mais vous ne savez pas quelle était la raison, dit précipitamment Élisabeth Nikolaïevna ; j'avais reçu d'un inconnu une lettre dans laquelle...

— Dans laquelle on disait du bien de moi et on présentait ma conduite sous le meilleur jour, enchaîna Piétchorine avec un sourire amer. Oh, je crois bien deviner qui m'a rendu ce service, mais je vous en prie, croyez-y, croyez à tout ce qu'on vous a écrit, comme vous y avez cru jusqu'à cet instant. »

Il rit et voulut se retirer.

« Mais si je n'y crois pas ? s'écria avec effroi Élisabeth Nikolaïevna.

— Vous avez tort, il est toujours plus avantageux de croire le mal que le bien... je parie à un contre vingt que... »

Il ne termina pas sa phrase, ses yeux se fixèrent vers l'autre porte de la salle, où se produisait un certain mouvement. Les regards d'Élisabeth Nikolaïevna se tournèrent avec appréhension vers le même côté.

À travers la foule la princesse Ligovskoï s'avançait vers le salon, et sur ses pas le prince Étienne Stièpanytch.

Elle était vêtue avec goût, seuls de sévères législateurs de la mode auraient pu relever gravement qu'elle portait trop de brillants. Elle passait lentement dans la foule, qui s'ouvrait sans empressement devant elle. Pas un salut ne l'arrêtait en chemin, et cent paires d'yeux curieux, examinant de la tête aux pieds cette belle inconnue, faisaient rougir ses tendres joues ; ses yeux se voilaient d'une sorte d'humidité électrique, sa poitrine palpitait inégalement, et l'on pouvait deviner à l'expression de son visage qu'elle en était à sa minute la plus pénible. Elle était comme un orateur inconnu qui pour la première fois gravit une tribune... De ce bal dépendait son succès dans le monde à la mode... Un nœud de ruban mal placé, une fleur piquée au mauvais endroit pouvaient compromettre à jamais son avenir... Et en effet, une femme peut-elle espérer le succès, peut-elle plaire à nos élégants, si l'on dit d'elle au premier regard : **Elle a l'air bourgeois*..., expression introduite si mal à propos dans notre société de gentilshommes, et qui a pourtant un terrible pouvoir sur les esprits et annule tout droit à la beauté et à l'amabilité.

Le goût, mon cher, les façons distinguées...

Quand la princesse fut à la hauteur de Piétchorine, elle répondit à peine, d'une légère inclination de tête et d'un sourire fugitif, à son salut ; il voulut dire quelque chose, mais elle se détourna : ses yeux couraient alentour avec inquiétude, cherchant au moins un autre visage connu... et tombèrent sur Élisabeth Nikolaïevna... S'étant reconnues, les deux rivales échangèrent des saluts très aimables... Puis quelqu'un encore se détacha de la foule des hommes et manifesta sa joie en demandant à la princesse Vièra quand elle était arrivée de Moscou... et ainsi de suite. Elle se fit peu à peu plus accueillante, si bien qu'on peut presque parier que si elle avait rencontré en ces lieux quatre-vingt-dix-neuf personnes de sa connaissance, la quatre-vingt-dix-neuvième serait restée dans l'heureuse conviction d'avoir d'un seul regard conquis son cœur.

Dès que la princesse et le prince furent passés dans le salon, Élisabeth Nikolaïevna se retourna aussitôt vers Piétchorine pour reprendre l'entretien interrompu, — mais il était si pâle, si immobile qu'elle en eut peur.

« L'apparition de cette dame, lui dit-elle enfin, a fait sur vous une singulière impression !... Vous la connaissez depuis longtemps ?

— Depuis l'enfance ! répondit Piétchorine.

— Je l'ai connue aussi autrefois... qui est son mari ? »

Piétchorine nomma le prince.

« Comment ! C'est son mari, ce monsieur qui la suivait si humblement ?... Si je les avais rencontrés dans la rue, je l'aurais pris pour son laquais. Je pense qu'elle doit faire de lui ce qu'elle veut.

— Du moins tout ce qu'il est possible de faire de lui !...

— Pourtant elle est heureuse...

— N'avez-vous pas remarqué ce qu'elle porte de brillants ?

— La richesse n'est pas le bonheur !...

— Elle en est tout de même plus proche que la pauvreté ; rien n'est de plus mauvais goût que d'être content de son sort dans une modeste chaumière... avec une écuelle de bouillie de sarrasin.

— Qui vous parle de pauvreté ? Il faut partout savoir choisir le juste milieu...

— Je vous souhaite un mari qui soit de cet avis. »

Il la quitta. Les quadrilles étaient terminés, la musique se tut. La vaste salle s'emplit du bruit mêlé des voix aiguës et graves, du glissement des bottes et des petits souliers ; des groupes se formèrent. Les dames allèrent dans les autres pièces respirer un peu d'air frais, échanger leurs observations ; quelques cavaliers les suivirent, sans s'apercevoir qu'ils étaient de trop et qu'on cherchait à se débarrasser d'eux. La princesse vint dans la grande salle et s'assit près de Niègourova. Elles renouvelèrent leur ancienne connaissance, et une conversation insignifiante s'engagea entre elles.

DÉCOUVREZ LES FOLIO 2 €

Parutions de septembre 2009

Eva ALMASSY *Petit éloge des petites filles*
À quel âge les petites filles cessent-elles d'être des petites filles ? À travers les portraits de fillettes réelles et imaginaires, Eva Almassy nous entraîne dans un pays mystérieux et délicieux.

Franz BARTELT *Petit éloge de la vie de tous les jours*
Dans les brumes ardennaises, Franz Bartelt décortique les petits travers de ses contemporains avec un humour et une férocité jubilatoires.

Roger CAILLOIS *Noé* et autres textes
Quelques textes audacieux et surprenants d'une rare intelligence.

CASANOVA *Madame F.* suivi de *Henriette*
Entre deux ébats amoureux, Casanova nous entraîne à sa suite dans l'Europe libertine du XVIIIe siècle.

Henry JAMES *De Grey, histoire romantique*
Une nouvelle tragique et mystérieuse dans laquelle Henry James explore l'univers irrationnel de la passion amoureuse.

Patrick KÉCHICHIAN *Petit éloge du catholicisme*
Loin de tout prosélytisme, Patrick Kéchichian témoigne avec force de sa conversion au catholicisme et du bouleversement qui s'est ensuivi.

Michel LERMONTOV *La Princesse Ligovskoï*
Ce roman inachevé nous offre une admirable peinture psychologique de deux jeunes mondains, ainsi qu'une brillante peinture du Saint-Pétersbourg de 1830.

Pierre PÉJU *L'idiot de Shanghai* et autres nouvelles
Pierre Péju, à travers trois nouvelles subtiles, nous propose une réflexion pleine de finesse et d'humour sur l'écrivain et ses personnages.

Brina SVIT *Petit éloge de la rupture*
Ruptures amoureuses bien sûr, mais aussi ruptures linguistiques, professionnelles ou amicales... Le temps d'écrire ce petit éloge, Brina Svit les a toutes connues.

John UPDIKE *Publicité* et autres nouvelles
À travers ces quatre nouvelles, John Updike brosse un tableau affectueux bien que critique du couple dans tous ses états.

Dans la même collection

M. D'AGOULT	*Premières années* (Folio n° 4875)
R. AKUTAGAWA	*Rashômon* et autres contes (Folio n° 3931)
AMARU	*La Centurie. Poèmes amoureux de l'Inde ancienne* (Folio n° 4549)
P. AMINE	*Petit éloge de la colère* (Folio n° 4786)
M. AMIS	*L'état de l'Angleterre* précédé de *Nouvelle carrière* (Folio n° 3865)
H. C. ANDERSEN	*L'elfe de la rose* et autres contes du jardin (Folio n° 4192)
ANONYME	*Ma'rûf le savetier* (Folio n° 4317)
ANONYME	*Le poisson de jade et l'épingle au phénix* (Folio n° 3961)
ANONYME	*Saga de Gísli Súrsson* (Folio n° 4098)
G. APOLLINAIRE	*Les Exploits d'un jeune don Juan* (Folio n° 3757)
ARAGON	*Le collaborateur* et autres nouvelles (Folio n° 3618)
I. ASIMOV	*Mortelle est la nuit* précédé de *Chante-cloche* (Folio n° 4039)
S. AUDEGUY	*Petit éloge de la douceur* (Folio n° 4618)
AUGUSTIN (SAINT)	*La Création du monde et le Temps* suivi de *Le Ciel et la Terre* (Folio n° 4322)

MADAME D'AULNOY	*La Princesse Belle Étoile et le prince Chéri* (Folio n° 4709)
J. AUSTEN	*Lady Susan* (Folio n° 4396)
H. DE BALZAC	*L'Auberge rouge* (Folio n° 4106)
H. DE BALZAC	*Les dangers de l'inconduite* (Folio n° 4441)
É. BARILLÉ	*Petit éloge du sensible* (Folio n° 4787)
J. BARNES	*À jamais* et autres nouvelles (Folio n° 4839)
S. DE BEAUVOIR	*La Femme indépendante* (Folio n° 4669)
T. BENACQUISTA	*La boîte noire* et autres nouvelles (Folio n° 3619)
K. BLIXEN	*L'éternelle histoire* (Folio n° 3692)
K. BLIXEN	*Saison à Copenhague* (Folio n° 4911)
BOILEAU-NARCEJAC	*Au bois dormant* (Folio n° 4387)
M. BOULGAKOV	*Endiablade* (Folio n° 3962)
R. BRADBURY	*Meurtres en douceur* et autres nouvelles (Folio n° 4143)
L. BROWN	*92 jours* (Folio n° 3866)
S. BRUSSOLO	*Trajets et itinéraires de l'oubli* (Folio n° 3786)
J. M. CAIN	*Faux en écritures* (Folio n° 3787)
MADAME CAMPAN	*Mémoires sur la vie privée de Marie-Antoinette* (Folio n° 4519)
A. CAMUS	*Jonas ou l'artiste au travail* suivi de *La pierre qui pousse* (Folio n° 3788)
A. CAMUS	*L'été* (Folio n° 4388)
T. CAPOTE	*Cercueils sur mesure* (Folio n° 3621)
T. CAPOTE	*Monsieur Maléfique* et autres nouvelles (Folio n° 4099)

A. CARPENTIER	*Les élus* et autres nouvelles (Folio n° 3963)
M. DE CERVANTÈS	*La petite gitane* (Folio n° 4273)
R. CHANDLER	*Un mordu* (Folio n° 3926)
I. DE CHARRIÈRE	*Sir Walter Finch et son fils William* (Folio n° 4708)
J. CHEEVER	*Une Américaine instruite* précédé de *Adieu, mon frère* (Folio n° 4840)
G. K. CHESTERTON	*Trois enquêtes du Père Brown* (Folio n° 4275)
E. M. CIORAN	*Ébauches de vertige* (Folio n° 4100)
COLLECTIF	*Au bonheur de lire* (Folio n° 4040)
COLLECTIF	*« Dansons autour du chaudron »* (Folio n° 4274)
COLLECTIF	*Des mots à la bouche* (Folio n° 3927)
COLLECTIF	*« Il pleut des étoiles »* (Folio n° 3864)
COLLECTIF	*« Leurs yeux se rencontrèrent... »* (Folio n° 3785)
COLLECTIF	*« Ma chère Maman... »* (Folio n° 3701)
COLLECTIF	*« Mon cher Papa... »* (Folio n° 4550)
COLLECTIF	*« Mourir pour toi »* (Folio n° 4191)
COLLECTIF	*« Parce que c'était lui ; parce que c'était moi »* (Folio n° 4097)
COLLECTIF	*« Que je vous aime, que je t'aime ! »* (Folio n° 4841)
COLLECTIF	*Sur le zinc* (Folio n° 4781)
COLLECTIF	*Un ange passe* (Folio n° 3964)
COLLECTIF	*1, 2, 3... bonheur !* (Folio n° 4442)

CONFUCIUS	*Les Entretiens* (Folio n° 4145)
J. CONRAD	*Jeunesse* (Folio n° 3743)
J. CONRAD	*Le retour* (Folio n° 4737)
B. CONSTANT	*Le Cahier rouge* (Folio n° 4639)
J. CORTÁZAR	*L'homme à l'affût* (Folio n° 3693)
J. CORTÁZAR	*La porte condamnée* et autres nouvelles fantastiques (Folio n° 4912)
J. CRUMLEY	*Tout le monde peut écrire une chanson triste* et autres nouvelles (Folio n° 4443)
D. DAENINCKX	*Ceinture rouge* précédé de *Corvée de bois* (Folio n° 4146)
D. DAENINCKX	*Leurre de vérité* et autres nouvelles (Folio n° 3632)
D. DAENINCKX	*Petit éloge des faits divers* (Folio n° 4788)
R. DAHL	*Gelée royale* précédé de *William et Mary* (Folio n° 4041)
R. DAHL	*L'invité* (Folio n° 3694)
R. DAHL	*Le chien de Claude* (Folio n° 4738)
S. DALI	*Les moustaches radar (1955-1960)* (Folio n° 4101)
M. DÉON	*Une affiche bleue et blanche* et autres nouvelles (Folio n° 3754)
R. DEPESTRE	*L'œillet ensorcelé* et autres nouvelles (Folio n° 4318)
R. DETAMBEL	*Petit éloge de la peau* (Folio n° 4482)
P. K. DICK	*Ce que disent les morts* (Folio n° 4389)
D. DIDEROT	*Lettre sur les aveugles à l'usage de ceux qui voient* (Folio n° 4042)
F. DOSTOÏEVSKI	*La femme d'un autre et le mari sous le lit* (Folio n° 4739)

Composition Nord Compo
Impression Novoprint
à Barcelone, le 6 août 2009
Dépôt légal : août 2009

ISBN 978-2-07-039867-6./Imprimé en Espagne.

166905